CAROL CHIOVATTO

SENCIENTE
NÍVEL 5

Copyright ©2020 Carol Chiovatto
Todos os direitos dessa edição reservados à AVEC Editora.

Nenhuma parte desta publicação poderá ser reproduzida, seja por meios mecânicos, eletrônicos ou em cópia reprográfica, sem a autorização prévia da editora.

Editor: Artur Vecchi
Capa e projeto gráfico: Bruno Romão
Preparação de texto: Bruno Anselmi Matangrano
Revisão: Camila Villalba e Marcela Monteiro

Dados Internacionais de catalogação na Publicação (CIP)
(Câmara Brasileira do Livro, SP, Brasil)

Chiovatto, Carol
Senciente nível 5 / Carol Chiovatto. – Porto Alegre : AVEC, 2020.

ISBN 978-65-86099-67-6
1. Ficção brasileira I. Título

C 539   CDD 869.93

Índice para catálogo sistemático:
1. Ficção : Literatura brasileira 869.93

Ficha catalográfica elaborada por Ana Lucia Merege – 4667/CRB7

1ª edição, 2020
Impresso no Brasil/ Printed in Brazil

AVEC Editora
Caixa Postal 7501
CEP 90430-970 – Porto Alegre – RS
contato@aveceditora.com.br
www.aveceditora.com.br
Twitter: @avec_editora

Ao Bruno, que acompanhou este livro desde a ideia rabiscada num caderno.

Sen.ci.ên.cia [*s.f.*]. capacidade de ter consciência de sensações e sentimentos. Faculdade de perceber o mundo ao redor pelos sentidos de maneira consciente.

1

Atirou-se no chão quando o disparo explodiu a parede por onde se esgueirava. Pedregulhos voaram por todo o lado, atingindo seu rosto e tronco. Felizmente, escapou do desmoronamento da viga e de parte do teto, embora achasse que a poeira fosse se alojar para sempre em seus pulmões.

Segurou a tosse para não denunciar sua posição e arrastou-se à margem da ruína recém-produzida. Precisava sair dali antes de os invasores recarregarem a detonadora. Era um longo caminho até a ala do hóspede — de onde já deveria ter saído com o dito cujo, aliás. Ouviu o assobio da arma a poucos metros, sinal de estar pronta para novo disparo. Onde estavam os outros para lhe dar cobertura?

O chiado característico ressoou e o tiro seguinte atingiu as pedras no exato ponto onde seus pés haviam estado segundos antes. Encolheu-se, agachando-se, e aproveitou o intervalo para saltar até a entrada do porão. Torceu para não terem avistado sua silhueta em meio à fumaça resultante da nova explosão, já que seus colegas não pareciam aptos a distraí-los. Precisaria criar sua própria oportunidade. E fazer isso de novo, com um civil, quando o encontrasse.

Lançou-se a toda velocidade pelo corredor subterrâneo, esperando que não desabasse por causa do confronto acima. Os músculos de sua perna mal se deram conta do esforço, treinados para isso como eram, mas seus pulmões urravam. Olhos, nariz e garganta ardiam com a poeira de pedra e fuligem. Essa merda cobria seu corpo do couro cabeludo ao espaço entre os dedinhos dos pés, apesar das meias e dos coturnos. Como era possível?

Reduziu o passo quando se deu conta de que ninguém seguia em seu encalço. Parou. Tossiu, tossiu. Abriu o casaco e puxou o tecido da camiseta para esfregar os olhos e limpá-los um pouco. Tossiu de

5

novo. Fechou o casaco outra vez, esfregou o nariz e voltou a avançar. Andando, embora a passos largos. Sentia uma coceira terrível dentro da caixa torácica. Ficava cada vez mais difícil inspirar.

O teto estremeceu. Uma poeirinha fina desprendeu-se. Do jeito que ia, não sobraria nada da Bílgia 4 para sua missão continuar fazendo sentido quando acabasse a batalha. Não se preocuparia com isso, no entanto. Recebera a incumbência de tirar o hóspede dali em segurança e era isso o que faria. Pensaria nas consequências daquela invasão depois, se sobrevivesse. Se conseguissem pará-los.

Voltou a correr, logo alcançando a máxima capacidade de seu corpo e o fim do corredor. Desceu o lance de escadas íngremes e saltou os últimos degraus para o patamar. Inundado. Algum encanamento havia estourado. Água vazava das paredes. Passou as mãos na pedra, sem se deter. Esfregou-as, molhou-as mais, passou-as no rosto, chegando a limpar as narinas. Não aguentava mais inalar poeira.

Naquele andar mal escutava o rugir das armas acima, mas não devia ter parado. Naves de abordagem ainda encobriam os céus quando precisara imergir rumo ao porão. A frota de defesa do espaço aéreo acabava de se posicionar também. O confronto duraria o dia inteiro e avançaria o crepúsculo, com certeza. Azar. Não podia se preocupar com isso agora. Sua missão tinha chance de salvá-los do pior.

Finalmente encontrou a porta aonde se destinava. Apressou o *splosh splosh* de seus coturnos ainda secos por dentro até alcançá--la. Tocou a superfície de madeira impermeável na altura dos olhos.

— Capitã Lin da Bílgia 1 — entoou a voz dentro de sua cabeça. — Autorizada.

A porta abriu-se; a água do corredor não ultrapassou a soleira. Lin adentrou a suíte clara e limpa e deparou-se com seu ocupante sentado na imensa cama confortável. Ele lia com uma taça de vinho na mão, apesar de ser tão cedo ali, um misto de tédio e serenidade que se converteu num sobressalto à sua entrada.

2

Não o haviam prevenido, como seria cortês, de que receberia visita ou inspeção. Contudo, ao pousar os olhos na figura imunda, entendeu logo que se tratava de uma ocasião excepcional. O uniforme sob a sujeira era o de uma oficial bílgia, bem como a arma de disparo telepático trazida presa à cintura. Por tudo o que vira, era complicado usar uma daquelas, requerendo anos de treinamento antes de obter uma autorização: não havia gatilho algum, e o mecanismo se acionava através de certas ondas cerebrais do atirador.

Cuidadosamente, ele pousou a taça na mesa ao lado da cama e fechou o livro em seu colo enquanto se endireitava e punha os dois pés no chão.

— Senhora? — saudou, deixando a interrogação leve em seu tom cobrar explicações.

— Precisamos partir — veio a voz grave, evasiva. Ela avançou para o armário, puxou roupas a esmo com aquelas patinhas imundas e enfiou-as numa mochila sem o menor cuidado. — Calce sapatos confortáveis. E impermeáveis.

— O quê...?

— Se você não vai calar a boca, fale enquanto se mexe. *Excelência*.

Seu tom soou carregado de ironia no vocativo. Ele travou o maxilar, incomodado com a rudeza gratuita, e foi calçar seu par de coturnos, semelhantes aos dela, apesar de uns cinco números maior. Ela circulava no cômodo inteiro com passos resolutos, enlameando o chão enquanto enfiava coisas na mochila, socando tudo em cima das roupas. Doía olhar.

Quando ela julgou ter terminado, jogou-lhe a mochila sem a menor delicadeza e foi para a porta espiar o corredor. Ele a fitava com crescente desgosto.

— Percebo a sua urgência, mas você não pode explicar o que houve? — perguntou, no limite da paciência, embora mantendo seu tom diplomático costumeiro.

— Anunciaram a sua morte — respondeu a oficial, seca. — Sua irmã ficou furiosa e mandou o arsenal inteiro para cá, muito disposta a reduzir tudo a pó. Precisamos chegar à sala do Reitor para desfazer o mal-entendido. Ela precisa ver Vossa Excelência por holografia, ou não vai acreditar que o seu rabo está ileso. A Reitoria é o único lugar onde mantemos uma tecnologia tão antiquada.

Antiquada? O povo daquele lugar era mesmo esnobe.

— E por que a mochila? — perguntou ele, desconfiado.

— Só para o caso de tudo aqui desabar — a mulher respondeu, sem desgrudar os olhos do corredor. — *Vamos!*

Não se arriscaria a morrer esmagado num porão dos confins da Bílgia 4, o planeta onde se situava seu cativeiro, o prédio da Reitoria, as instalações do conselho universitário e mais alguns institutos do sistema planetário que abrigava a Universidade da Bílgia. Seus captores.

Ele alcançou o anel sobre o aparador e colocou-o no dedo, seguindo-a às pressas. Só ao deixar o quarto, seu confinamento naqueles dois últimos longuíssimos anos, percebeu que as paredes jorravam água, alagando o piso até suas panturrilhas. O nível subia rápido. Torceu para aquela água ser limpa. Pelo menos não fedia.

— Qual é o seu nome? — perguntou, porque não lhe agradava não saber com quem estava andando.

— *Capitã* Lin — respondeu, seca, enfatizando a patente.

Ela mal tomava conhecimento de sua presença; parecia muito atenta a alguma coisa adiante. Se houvesse algum caminho por onde fugir, ele poderia escapulir despercebido. Um som agudo soou do alto das escadas, seguido de um forte sibilar, como líquido numa chapa quente de metal. Tinha familiaridade com o som; crescera ouvindo-o nos cânions de sua terra natal. Detonadoras.

Mesmo com o aviso prévio, não estava preparado para a explosão de pedra, poeira e água a poucos metros. A capitã parou de chofre, esticando um braço para interromper seu avanço.

— Eu posso fazê-los parar — disse ele. — Todos os hatis me conhecem.

Vendo-a hesitar, empertigou-se, recuperando toda a sua digníssima altivez de membro da Família Soberana de Lena-Hátia.

— Não sei você, capitã Lin, mas *eu* não quero morrer ou acabar enterrado aqui por horas — resmungou com um desdém nada refinado. Tudo bem; era uma reles oficial de baixa patente. Não precisava desperdiçar diplomacia com *ela*. — Assim que me virem, as tropas de minha irmã vão se deter.

3

Ainda incerta, Lin aquiesceu. Temia que o maldito fosse pego no fogo cruzado. No entanto, se a detonadora estourasse ali outra vez, a estrutura não aguentaria e seria o fim dos dois. Avançou bem próxima ao hati cheio de si, pronta para impedir o presunçoso de se matar. Juntos, subiram as escadas depressa, de mãos erguidas. Dois batedores e um lançador os encararam, detendo-se alguns momentos sobre o irmão da Soberana.

— Cessar fogo, soldados — gritou o excelentíssimo. — Estou aqui. Avisem a Rea...

Eles se entreolharam sem sombra de surpresa, Lin percebeu. Quase por reflexo, empurrou o hóspede-refém para o chão com uma mão, tirando-o da linha de fogo, enquanto sacava a arma com a outra, e atirou nos batedores no segundo seguinte ao primeiro disparo deles. Eles miravam *Teo de Lena-Hátia*. Lin deu dois tiros seguidos; dois corpos foram ao chão. O assobio da detonadora ergueu-se, mas ela atingiu o operador antes de ele acioná-la.

Olhou por sobre o ombro para se certificar de que o dândi não havia sido ferido — não havia —, depois voou sobre a arma pesada, arrancou o compartimento de segurança e puxou os fios, cortando a energia. A luz azul do painel apagou-se no mesmo instante.

— *Vamos!* — berrou Lin, enérgica.

O homem, sumo sacerdote da arrogância segundos antes, continuou onde havia caído, com os olhos negros fitos e a pele tão pálida que suas veias logo se tornariam visíveis. Lin também estava confusa, porém não tinha tempo para refletir agora. Agarrou-se ao modo sobrevivência.

— Excelência — esbravejou. — *Ande logo.*

Ele pareceu despertar de um pesadelo. Seus olhos dirigiram-se a ela, perdidos, cheios de uma vulnerabilidade que jamais poderia esperar de alguém tão orgulhoso. Quase podia escutá-lo perguntar: por que soldados do meu povo, jurados à minha irmã, tentaram me matar? Os dois estavam estupefatos, mas por motivos diferentes. O emissário de Lena-Hátia tinha um problema familiar. Já Lin perdeu a noção do que deveria fazer.

Estivera esperando levá-lo à Reitoria, onde entrariam em contato com a Soberana Rea e a colocariam para conversar com seu irmão gêmeo e representante, como faziam todo mês. Ele diria que estava sendo bem tratado, como um prisioneiro de guerra de gabarito deveria ser, e as negociações continuariam estagnadas. A Bílgia continuaria querendo a posse do satélite natural de Luna 54, com todos os seus recursos, e Rea continuaria querendo seu irmão de volta. O Reitor ainda teria acesso limitado ao satélite e Teo ainda morreria de tédio em sua ala de mármore, seda e mogno.

Esse *era* o plano, até segunda ordem. Rea parecia determinada a reduzir a sede da Reitoria da Bílgia a pó por causa da suposta morte de Teo — e, no entanto, a primeira coisa que seus soldados faziam ao vê-lo era atirar? Não condizia com o resto. Adiantaria ater-se ao plano antes de descobrir por quê? Se a Soberana o quisesse morto, protegê--lo era fútil para restabelecer a paz. Se tudo fosse um engano regado a traição, protegê-lo seria a única maneira de restabelecer a paz.

O teto estremeceu de novo. Lin aproximou-se do emissário, puxou-o pelo braço e deu-lhe um tabefe.

— *Levante-se* — grunhiu.

Dessa vez, ele saiu do estupor e ergueu-se de um salto. Ótimo. Lin não teria condições de arrastar um homem daquele tamanho, por mais esguio que fosse. Tomou um caminho diferente daquele por onde havia entrado, aprofundando-se no labirinto de corredores até alcançarem outro conjunto de escadarias. Subindo três lances, sairiam na Floresta Tropicana. A cobertura das árvores viria a calhar na fuga.

— Eram bílgios disfarçados — a voz dele soou, algo trêmula. — Ou mercenários. Não me reconheceram.

11

4

Algo semelhante a compaixão transformou as feições da capitã por um segundo, então sua expressão se enrijeceu de novo.

— A porra do universo inteiro conhece a sua cara — rosnou ela.

— Se fossem mercenários, levariam *Vossa Excelência* sob custódia até sua irmã e encheriam o rabo de dinheiro com a recompensa. Agora, para que bílgios se vestiriam de hatis? Para levar tiro de seus compatriotas? Você é tão obtuso assim ou é só o choque falando mais alto?

Teo cerrou os dentes até o maxilar doer. Não responderia à provocação. Aquela plebeia miserável simplesmente *não merecia* a graça de ouvir sua voz. Acompanhou-a pelo corredor escuro, observando-a empunhar a arma num passo resoluto e parar a cada alguns metros para escutar. Não ouviam muita coisa além dos estouros periódicos. A luta parecia furiosa.

— Existe alguma chance de sua irmã o querer morto?

— Nem se eu tivesse assassinado Lenora — respondeu Teo, veemente. — E ela estava bem viva da última vez que nos falamos, ao lado de Rea como sempre.

— Ah! — exclamou a capitã, como se houvesse solucionado o mistério. — Como fica a linha de sucessão agora que a sua cunhada está grávida?

Teo parou de chofre. Lin virou-se de um salto, como se preparada para enfrentar uma horda. Exibiu os dentes de irritação ao perceber que ainda estavam sozinhos no corredor.

— Que foi?

— Lenora... grávida? — murmurou Teo. — Desde quando? Rea não... Elas não me disseram...

— Ah, é... — Lin revirou os olhos e voltou a andar. Teo seguiu-a, enxugando os olhos marejados. — Souberam essa semana. A infor-

12

mação saiu na mídia geral. O médico que vazou a notícia foi estripado e seus restos mortais estão adornando o portão do palácio agora. Ele deu um sorriso distante, saudoso. Isso era *a cara* de Rea, sem tirar nem pôr.

— Então, como fica a linha de sucessão agora?

— Minha sobrinha me antecede, naturalmente — respondeu Teo, rígido. — Nem Rea nem Lenora decidiriam me matar porque estou mais *longe* de me tornar soberano.

— A menos que julgassem Vossa Excelência ávido por se livrar da concorrência, talvez? — sugeriu Lin.

Teo olhou-a de viés, cheio de asco.

— Se eu *quisesse* ser soberano, teria sido mais fácil matar Rea anos atrás.

Como se fosse capaz de atentar contra a vida de sua irmã adorada, ou de Lenora, sua melhor amiga. Seria mais fácil atirar-se aos pés do berço e prestar louvores à sua sobrinha. Manteria quase tanto poder quanto um soberano, todos os privilégios e nenhuma das hediondas obrigações. Nada que alguém da ralé fosse entender, e não perderia seu tempo explicando.

Enfim chegaram às escadas e subiram. A capitã ia à frente, de arma a postos. O alçapão que levava ao lado de fora estava emperrado. A oficial bílgia usou o cabo da arma como alavanca e o abriu com alguns trancos bem calculados. A moça era ligeira, isso não podia negar. Um monte de terra caiu nela quando surgiu a primeira fresta, e alguns raios de sol os banharam.

A súbita luz natural agrediu as retinas de ambos. Precisaram de um momento para se adaptar. Um estouro soou a poucos quilômetros, sobressaltando-a. A capitã endireitou-se e ganhou o ar livre com a arma telepática em riste, perscrutando os arredores. Só depois da avaliação deixou-o sair.

Ar limpo e fresco penetrou suas narinas, uma brisa suave tocou-lhe a pele. Os raios da estrela central do sistema — como se chamava

13

mesmo? — acariciaram seu rosto, entrecortados pelas copas das árvores majestosas. Por um instante, a exuberância o arrebatou. Não via nenhum ambiente externo em muito, muito tempo. Normalmente, quando o levavam para conversar com Rea pelo hológrafo da Reitoria, guiavam-no por caminhos subterrâneos.

Então, veio um estouro ressoante de uma detonadora de grande porte e um fedor de ferro e enxofre impregnou a atmosfera.

5

A Reitoria. Reduzida a escombros. E os gritos...? Jamais os esqueceria. Seriam para o resto da vida um zumbido em seus ouvidos, do qual tomaria consciência a cada instante de paz. Quantos mortos? Quantos moribundos? Devia voltar e ajudá-los a abater as naves hatis, esmagá-las como as moscas nojentas que eram.

— Capitã, me tire da órbita — a voz dele soou, quase gentil. — Tenho de falar com Rea. Ela vai cessar fogo quando souber que estou bem.

Lágrimas grossas escorreram quando Lin piscou para limpar a visão embaçada. Não deveria demonstrar fraqueza diante de um inimigo.

— O hológrafo... — gemeu, indicando o que fora a Reitoria. Acaso o Reitor teria escapado? Seu grande professor, seu adorado amigo...

— Não preciso de um hológrafo para contatar Rea — ele garantiu, urgente, enigmático. — Só preciso deixar a órbita complexa da Bílgia. Mesmo o vácuo entre os planetas daqui me atrapalha. Preciso sair do *sistema*.

Imaginando que ele possuísse algum tipo de dispositivo ultrapassado, inutilizado pelos ioctorrobôs da Universidade, Lin calculou como possibilitar a empreitada. Nova explosão, mais distante, sobressaltou-a outra vez. Haveria momentos melhores para refletir; agora precisavam se mexer. Desaparecer do centro do conflito. Garantir que veriam o dia seguinte.

Correram em meio às árvores na direção do rio. Lin descobriu que não poderia seguir seu ritmo normal; o hati não conseguia saltar raízes e se abaixar sob galhos com a mesma destreza e estava tendo dificuldades em acompanhá-la. Poderia ouvi-lo ofegando da Bílgia 13. Parou mais à frente e o esperou de braços cruzados. As explosões pareciam trovões distantes agora. Mais a noroeste.

O coração de Lin deu um solavanco. Seus olhos arregalaram-se.

— O que foi? — perguntou ele, seguindo a direção de seu olhar como se esperasse ver algum inseto gigante. Não sendo o caso, e não vendo nada diferente, insistiu: — O que você viu?

As detonadoras. A *noroeste*.

— Estão indo para os laboratórios — murmurou ela.

— Imagino como seja horrível ver tudo destruído assim...

— Você não entende! — cortou Lin. — Os laboratórios deste complexo contêm armas biológicas! Se danificarem as contenções... — Ela se interrompeu. Não dava para explicar isso agora. — Nyx! As detonadoras foram direcionadas para os Laboratórios do Complexo da Reitoria! Iniciar protocolo de quarentena!

Dois segundos de intervalo depois — nos quais a inteligência artificial devia estar avaliando a informação —, sua voz respondeu dentro da cabeça da capitã:

— Ameaça detectada. Protocolo de quarentena iniciado.

Os alarmes soaram de todas as direções, calando os demais sons por vários segundos. Os satélites moveram-se nos céus, dançando sua coreografia singular. Lin puxou-o pela manga, voltando a andar.

— Venha. Vossa Excelência precisa entrar em ambiente controlado. Já!

Ele a seguiu, olhando o céu com desgosto.

— Você vai me explicar o que houve? Você *realmente* nos trancou aqui? Eu falei que preciso...

Bufando, Lin apressou o passo, entrevendo sua nave em meio à folhagem na beira do rio. O emissário grunhiu, acompanhando-a.

— Nós temos dois minutos antes de a Nyx fechar as pontes entre os planetas da Universidade. E eu não quero Vossa Excelência preso aqui quando isso acontecer.

— Você é estúpida? — ele resmungou, frustrado o suficiente para perder sua lendária compostura. — Era só me tirar da órbita...!

O olhar enviesado que a capitã lhe lançou, carregado de desprezo, disse coisa demais que ele preferia não saber: achava-o burro, grosseiro e indigno de uma explicação. A noção perturbou-o sobremaneira; costumava ser apreciado intelectual e fisicamente aonde ia, tratado com honrarias e admiração. A irreverência da mulher era exasperante.

— Você prefere me manter refém aqui do que interromper essa destruição? — rosnou Teo, entre dentes. — Isso é tão mesquinho...!

— Nem tudo tem a ver com o seu umbigo, *Excelência* — a capitã Lin rebateu, alcançando a nave. — Claro, não espero que Vossa Senhoria acredite numa afirmação tão *absurda*.

Seu tom escorria sarcasmo, corrosivo como baterias rudimentares. Ela mal lhe dispensou um olhar; abriu a nave e se acomodou no assento de piloto como se ele não estivesse ali.

Uma estrondosa sequência de explosões soou a noroeste. Nova aflição encheu os olhos da capitã, que os voltou aos céus, na direção dos satélites.

— Precisamos andar logo — disse ela, apertando comandos da nave sem tirar os olhos da direção de onde vinham os estouros. — Você não tem muito tempo agora.

Teo não precisou de justificativa melhor para entrar na nave arredondada e tomar o assento ao lado dela. A capitã partiu no segundo seguinte, direcionando o voo de modo a acompanhar o leito do rio pairando sobre as águas.

— Nyx — ela disse, com nítido esforço para manter a voz estável. — Uma dose da vacina e uma da cura para o Nano-zeta B23. Verificar disponibilidade.

O frio mais desagradável do planeta instalou-se no estômago de Teo e expandiu-se no segundo que levou para a voz da inteligência artificial soar dentro do veículo:

— Disponível sob autorização reitoral.

— Verificar pré-autorização emitida em meu nome.

— Autorizado para capitã Lin da Bílgia 1. Uma dose da vacina já está disponível no endereço registrado. Dose da cura: em trânsito.

A capitã soltou uma risada meio rosnada, cheia de fúria.

— Nyx, qual o dano nos laboratórios da Reitoria?

— Setor Alpha: contenção danificada. Setor Beta: contenção danificada. Setor Gama: contenção rompida.

— Pode pular para a situação do Zeta.

— Setor Zeta: contenção inoperante.

— Inoperante? Qual o protocolo de desligamento?

— Desligamento manual efetuado há dois minutos e quarenta e sete segundos.

Ela praguejou baixinho na antiga língua dos Pioneiros — uma língua morta. Teo reconhecia sua sonoridade particular, embora não falasse ou compreendesse uma palavra.

Durante todo esse tempo, ela pilotava manualmente a nave civil numa velocidade vertiginosa, seguindo na direção oposta à das naves de combate bílgias e hatis. Pelo visto, ainda não os considerava em segurança.

— Nyx, avaliar a extensão do contágio — mandou Lin.

Apesar da inegável atenção ao caminho, a jovem capitã não se desligava do conflito deixado para trás. A menção a "contágio" acabou por fazê-lo pensar nas outras coisas que ela dissera naqueles últimos minutos. Laboratórios de *armas biológicas*. Vacina, cura, quarentena. Contenção danificada, rompida, inoperante. *Você não tem muito tempo agora.*

— População hati viva presente na Bílgia: 325 espécimes adultos, 197 XX-biológicos, 128 XY-biológicos. 99,692% deles infectados com o Nano-beta B23. Inoculação completa. Período de incubação médio de trinta e dois minutos.

A capitã gemeu e deu um solavanco na nave, direcionando-a para cima. Teo não havia percebido: adentraram uma das "pontes", um curioso facho de luz que unia um complexo da Bílgia a outro e permitia a naves atmosféricas transitarem no vácuo entre os treze planetas do sistema.

Os satélites artificiais ainda se moviam. Olhando para trás, Teo percebeu a ponte interrompida abaixo deles.

— Como... como Nyx consegue avaliar algo de um modo tão imediato? — perguntou Teo, boquiaberto.

7

Em outra ocasião, Lin teria explicado alegremente, orgulhosa da IA. Entretanto, estava incomodada demais para ser didática.

— Nyx, pode responder — disse ela. — Num nível de linguagem elementar.

— Olá, meu nome é Nyx! — A voz eletrônica passou a um tom quase bem-humorado. O modo elementar era destinado à educação de crianças. — Estou falando com você, mas não sou uma pessoa. Meu corpo é composto de milhares de unidades de processamento de dados espalhadas por todo o complexo da Universidade da Bílgia, que compreende os treze planetas deste sistema, mais alguns satélites naturais. Cada uma das minhas unidades de processamento controla alguns milhões de ioctorrobôs. Eles são máquinas tão pequenininhas que só outras máquinas muito pequenas, os nanorrobôs, conseguem construí-los. Nenhuma das espécies sencientes dominantes no universo conhecido é capaz de enxergá-los a olho nu, então não se preocupe se não os vir voando por aí. Mesmo sendo invisíveis para a maior parte dos seres, eles estão em toda parte do nosso sistema, até na sua corrente sanguínea. Com isso, se eu precisar de alguma informação, qualquer informação, eu a recolho em até três segundos.

Lin viu o espanto e o receio gradualmente nublarem os olhos de seu passageiro. Ainda se surpreendia com o quão pouco estrangeiros sabiam sobre a Bílgia, considerando as reiteradas controvérsias a respeito da Universidade.

— Você poderia me matar? — perguntou o homem.

— Eu não encerro a vida de seres sencientes — disse Nyx, sua resposta padrão.

A voz eletrônica calou-se, sem mais nem menos. Teo de Lena-Hátia virou-se para Lin, aparentemente desejando saber mais. Ela não ofereceria maiores explicações àquele mal-educado. Se ele quisesse, que perguntasse com jeitinho. Ela já lhe havia salvado a vida e não recebera nem mesmo um agradecimento.

— Os soldados hatis... eles vão morrer? — indagou o emissário.

— Até amanhã, provavelmente — Lin respondeu, o mais sóbria possível. Não ajudou a mitigar o choque. — A menos que interrompam o ataque e o Reitor ordene a distribuição imediata da cura. Mas parece difícil imaginar o seu povo parando de atacar sem uma ordem direta da Soberana. E ela não vai ordenar nada enquanto não o vir ileso, certo, Excelência? E ela não tem como vê-lo enquanto não conseguirmos um hológrafo...

Lin engoliu a sentença de morte guardada em suas palavras. Os hatis infectados morreriam por um problema de comunicação. Aquela batalha estúpida estava acontecendo, tirando vidas dos dois lados, *por um problema de comunicação*. Sacudiu a cabeça, desenganada.

— A quarentena... — ele balbuciou.

— Nós temos meios de extinguir qualquer espécie. Quando vi as detonadoras indo para os laboratórios... Não podemos deixar nenhuma nave sair havendo risco de contaminação, ou o potencial de um massacre... — Ela se interrompeu, suspirando. — O sistema inteiro será fechado em quarentena, mas Nyx cortou o trânsito com a Bílgia 4 primeiro porque foi onde as contenções dos laboratórios vazaram. Nossa IA é programada para não permitir nenhuma das naves saírem de lá numa situação dessas. A gente só escapou a tempo porque aproveitei o intervalo do reposicionamento dos satélites.

— Mas, se é assim, não tem risco de a sua nave estar contaminada?

— Sim, mas é mínimo. Os laboratórios tinham acabado de explodir quando pegamos a ponte.

— Então me tire da órbita complexa da Bílgia de uma vez. — Ele olhou as estrelas no céu negro, além do facho de luz que ia se encolhendo em sua esteira conforme avançavam. — Preciso falar com Rea e esclarecer...

21

— A minha nave é *atmosférica*, não posso ir para o vácuo com ela — resmungou Lin. Sua voz transbordava impaciência, apesar de ela se esforçar para manter a calma. — E Nyx vai bloquear todo o sistema nos próximos minutos; só conseguiremos viajar entre os planetas da Bílgia durante a quarentena. É uma medida extra de segurança. Nós não podemos correr o risco de deixar *nada* escapar para outros sistemas povoados.

Teo ficou calado um momento, com um ar emburrado, decerto ruminando aquela avalanche de informações. Lin perguntou-se quanto daquilo ele de fato conseguiria entender.

— Esses vírus nos laboratórios... são todos fatais?

— Sim. Cada um feito sob medida para agir contra uma espécie.

— Lin comprimiu o maxilar, tentando subjugar a contrariedade em sua voz. — Nós temos um vírus projetado contra cada espécie senciente dominante. E estavam todos selados naqueles laboratórios que as naves hatis atacaram.

O hóspede-refém voltou a olhar para fora pela janela.

— Esse vírus... Nano-zeta B23? — perguntou. Lin assentiu. — Ele é o vírus contra a minha espécie, certo? — A capitã confirmou outra vez. Nyx já havia dito isso, não, ao falar do contágio da população hati presente na Bílgia 4? — Então, se as naves hatis voltassem a Lena-Hátia depois de explodir os laboratórios do setor Zeta onde esse vírus ficava contido...

— A sua espécie inteira teria potencial de ser extinta em uma questão de dias. Isso mesmo.

O diplomata fitava as mãos unidas em seu colo, de cabeça baixa e cenho franzido. Permaneceu assim durante alguns momentos, mudo.

— Desculpe — sussurrou, por fim. — Fui rude com você. No fim das contas, você pensou rápido e o estúpido fui *eu*.

Lin estava melancólica demais para tripudiar e não se importava o suficiente com a opinião dele para se animar com o reconhecimento.

— Foi bondade sua se preocupar com o povo hati... — ele observou. Parecia constrangido. Envergonhado.

22

— A Soberana Rea poderia ter sido pior. — Lin sinalizou o planeta de onde haviam saído, a Bílgia 4. Dava para ver sinais da movimentação de naves hostis lá embaixo. — Só mandou atacar a região da Reitoria. As áreas de civis estão ilesas. Ao menos, não foram alvo prioritário. Se tinham ordens para destruir tudo, nunca saberemos. Prefiro lhes dar o benefício da dúvida a arriscar a existência de gente que não tem nada a ver com isso.

Outro silêncio carregado seguiu-se.

— Hum... capitã, o que vai acontecer com os soldados quando o período de incubação terminar?

Lin torceu o nariz.

— Vão gradualmente perder os cinco sentidos e a capacidade de movimento dos membros posteriores e anteriores. Depois, o corpo enfrenta sucessivas quedas de sistemas, até acabar em falência múltipla de órgãos.

— A... a cura é eficaz até qual estágio?

— O primeiro. Às vezes o segundo. — Ela o olhou de esguelha, sentindo pena — Mas, pelo que Nyx disse, a inoculação foi intencional. Provavelmente por ordem do Reitor. Vão curar no máximo o comandante das tropas hatis para interrogá-lo.

O emissário esfregou o rosto. Um sofrimento evidente o tomava. Lin parou de prestar atenção; avistou a saída para descer e pegou-a. Estariam em casa em menos de uma hora.

23

Seu desdém pela capitã se tornou respeito e gratidão. Sentiu vergonha de seu tom anterior; quisera se portar como superior, mas devia ter soado como um coitado aparvalhado. Em menos de uma hora e sem grande esforço, ela o havia tirado de um subterrâneo sob ataque, em vias de desmoronar, o livrado da contaminação por um vírus que lhe traria uma morte dolorosa e garantido que ele viesse a receber uma vacina, percebido o perigo do ataque aos laboratórios e contido o problema o suficiente para ele não se alastrar e ameaçar o resto do universo. Louvável, sem dúvida.

Desciam sobre um campo ermo, exceto por uma habitação modesta, cercada por uma relva florida, ladeada por um rio, onde a nave atracou. A mulher saltou para fora, gesticulando para Teo segui-la, e correu para a porta, que se abriu à sua aproximação. Assim que ele cruzou a soleira, uma voz eletrônica diferente da de Nyx soou:

— Espécime estrangeiro detectado. Origem: Lena-Hátia. XY, adulto. Saudável. Senciente nível 4.

— Olha, quem diria? Ele é um ser inteligente — comentou a capitã, com um meio-sorriso, e adentrou mais a casa, sumindo por uma porta.

Teo teve de engolir o desdém dela. A Universidade da Bílgia classificava as diversas espécies dominantes do universo conhecido conforme seus níveis de senciência, que, *grosso modo*, versavam sobre o grau de inteligência dos seres. Só sencientes nível 5, o máximo, podiam estudar na Universidade, porque aqueles acadêmicos esnobes se recusavam a ensinar seres de inteligência inferior à deles. Mesmo assim, a partir do nível 3 qualquer espécie era considerada inteligente. Ao menos, o suficiente para negociar com a Bílgia, estabelecer acordos comerciais, alianças e pactos de não-agressão.

Teo olhou o recinto onde se encontrava. A julgar pelos móveis e seu arranjo, a xícara usada no aparador e o casaco jogado na poltrona, ali era a *casa* dela. Nem em seus sonhos mais insanos imaginou que seria levado a um lugar tão corriqueiro — embora, àquela altura, devesse ser bem mais seguro do que uma base militar.

— Você vai me levar a algum lugar depois? — indagou Teo.

A capitã Lin reemergiu do outro cômodo, aonde se dirigira, trazendo uma cápsula metálica maior do que sua mão.

— Você não vai gostar nadinha dessa vacina — avisou ela. — É femural.

Ele já não gostava nadinha da *ideia* de uma vacina femural.

— Soa melhor do que morrer agonizando — respondeu, resignado. — Você... sabe aplicar?

— Sei. — Lin gesticulou para o sofá. — Sente-se e deixe a perna direita relaxada.

Teo obedeceu de pronto. A capitã veio acomodar-se ao seu lado e pousou uma das extremidades da cápsula em sua coxa, sobre a calça mesmo. Ele se preparou para a explosão de dor.

— Você está contraindo os músculos — ralhou a capitã. — Isso vai ser muito pior se você não relaxar.

Era fácil, na teoria, mas saber que um conjunto de seis agulhas dispararia aquilo para dentro de sua carne até penetrar o fêmur não ajudava muito. A capitã suspirou.

— Vamos esperar. Eu tenho todo o tempo do mundo. Nem queria mesmo tomar banho. Prefiro passar mais alguns minutos neste estado deplorável, sentindo poeira dentro da orelha e tal. Muito agradável.

— É difícil relaxar — ele replicou em tom de desculpas. — Acho que ainda estou tenso por causa da fuga.

— Pode ser. — Ela refletiu um instante. — Ah, sobre a sua pergunta, eu não sei para onde vamos. Preciso falar com o Reitor primeiro.

— É mais provável termos de esperar o fim da quarentena para contatar minha irmã?

— A gente pode tentar usar uma das naves hatis — ela sugeriu. —

Os seus conterrâneos já terão morrido e o pessoal das engenharias deve guardar aquelas em melhores condições para estudar. Você saberia operar um comunicador?

— Claro, eu...

TRÁ! De súbito, uma agonia sem precedentes dominou sua perna, espalhando-se por todos os nervos do corpo até as pontas de seus dedos do pé. O gemido gutural que lhe escapou seria mais embaraçoso se a dor não tivesse dominado sua consciência. A capitã Lin ergueu-se de um salto e descartou a cápsula. Teo esfregou a perna, agora formigando.

— Descanse um pouco — disse ela. — Vou tomar um banho, depois providencio a comida.

Lin não esperou resposta; cruzou a casa o mais rápido possível e entrou no banheiro arrancando o uniforme e jogando-o no chão a um canto. Depois abriu o chuveiro morno sem maiores preâmbulos. Tinha poeira até dentro das roupas de baixo, no meio das nádegas e sob as axilas. Não fazia ideia de como aquilo tudo tinha ido parar em locais de acesso tão limitado. Levaria séculos para tirar toda a areia do couro cabeludo, se sua paciência não acabasse antes.

Buscou se concentrar na atividade pura e simples de se lavar, e não nos acontecimentos daquela manhã, em tudo o que estava em jogo, na merda que iria dar quando vazasse a informação da falha de contenção nos laboratórios mais perigosos do universo. Manter o emissário vivo era vital para inimigos ou aliados diplomáticos conseguirem controlar Rea; ele era a prova de que o ataque fora descabido e sua irmã, a culpada do risco biológico.

Sentiu certa ansiedade quanto a Teo de Lena-Hátia. Acaso havia deixado claro o bastante que talvez ele morresse se decidisse zanzar sozinho pela Bílgia? Claro, não havia prova nenhuma disso, mas qualquer hati após aquele ataque se tornaria *persona non grata* na Universidade. E não dava para confiar que o povo externo à Bílgia 1 fosse pensar no longo prazo.

Só não correu no banho porque calculou que ele fosse precisar de ao menos duas horas para se recuperar da dor da vacina — somada ao choque de quase ter sido assassinado por alguém de seu próprio povo.

Pensar nisso transformou os pensamentos de Lin num redemoinho. Quem espalhara a notícia falsa sobre a morte do irmão da Soberana? Com qual finalidade? E por que os soldados hatis tentaram matá-lo? Sem saber o que andava se passando na não muito distante

27

Lena-Hátia, era difícil deduzir mais. Precisaria estudar o assunto por alguns dias para chegar a algumas hipóteses plausíveis. Antes disso, no entanto, tentaria contatar o Reitor. Seus olhos ardiam só de pensar na possibilidade de ele não ter conseguido sair do prédio a tempo. Recusou-se a alimentar essa ideia. Não, falaria com ele, avisaria que sua missão tinha sido mais ou menos bem-sucedida e ainda havia esperança de o episódio não se transformar num incidente diplomático ainda maior.

A situação dos pesquisadores da Bílgia no satélite contestado de Luna 54 devia estar delicada. Se ainda houvesse como salvá-los, isso seria prioridade — embora fosse no mínimo improvável que Rea mandasse detonar a Reitoria sem antes descontar a fúria em quem estava mais próximo. Talvez fosse esperta o bastante para prever retaliação e os tivesse feito reféns para se resguardar? Teria de perguntar a opinião de seu hóspede.

Saiu do banho, vestiu roupas confortáveis e secou os cabelos, listando em sua mente os assuntos que precisava conversar com ele.

Ao deixar o quarto, encontrou-o no escritório, mexendo na baderna em sua mesa.

— O que você *pensa* que está fazendo? — grunhiu Lin, avançando com dentes e punhos cerrados.

O emissário retesou-se, pronto para responder, porém seus olhos a encontraram e, claramente surpresos, varreram-na de alto a baixo, cheios de uma apreciação inesperada. Para ambos.

— Você gosta de olhar coisas sem permissão, hein? — Lin resmungou, torcendo o nariz.

Ele desviou o olhar, pigarreando baixinho.

— Perdão, eu... quis me distrair e vi todos esses livros impressos aqui, nas estantes... Fiquei curioso. — Ele olhava para o outro lado, o rosto escarlate. — E então me perguntei por que uma oficial teria tanto papel na mesa... Desculpe.

Ela não costumava deixar suas coisas naquela baderna, mas estava trabalhando quando o Reitor a chamara, perto do amanhecer da Bílgia 4. Já era o meio da tarde ali, na Bílgia 1. Tivera de largar tudo e sair correndo. O hóspede enxerido agora devia saber demais, tudo culpa de seu desleixo. Lin praguejou baixinho e passou a recolher os principais documentos. Ele não se mexeu para desocupar sua cadeira de trabalho.

— Vou lhe mostrar o seu quarto — disse ela. — Você pode tomar um banho e descansar enquanto eu resolvo umas questões burocráticas.

Ele não a olhou — ou a mesa, aliás. Nem fez menção de se levantar. Parecia atormentado. Ou constrangido. Ou ambos. Lin não precisou observar muito para perceber a natureza do impasse: uma nada tímida (ou modesta) ereção.

10

— Francamente — disse ela, pondo as mãos na cintura —, eu tenho assuntos *sérios* para resolver, Excelência. Levante a bunda da minha cadeira e venha ver o seu quarto. Lá você terá água fria *e* privacidade, à sua escolha.

Morrer de vergonha de repente pareceu possível. Teo ergueu-se, um tanto desajeitado por causa da perna dolorida, e seguiu-a, alguns passos atrás. Fora o comentário sarcástico, que pelo menos tivera o feliz efeito de não prolongar seu sofrimento, a capitã pareceu abstrair o episódio. Deixou-o no quarto e desapareceu. Ótimo, ele precisava mesmo de um tempo para se livrar da profunda sensação de humilhação e... bem, de sua origem.

Começara a olhar os livros, muito interessado na grande variedade de assuntos e idiomas compreendidos na compacta biblioteca, e então a mesa abarrotada se tornara irresistível. Bater o olho num documento redigido em sua língngua natal foi um incentivo para ler o quanto pudesse. E foi muito. Tinha pouco para fazer, além de ler, desde que fora capturado e aprisionado. A prática o tornara um leitor muito eficiente.

A capitã era uma acadêmica. Estava envolvida nas negociações sobre a exploração do satélite Árcade, que os pesquisadores da Bílgia chamavam de Luna 54. Na verdade, ela parecia ser uma das peças centrais do acordo e, pelo que Teo conseguiu depreender, organizara sua prisão. Aquela penitência de dois anos, um mês e cinco dias era culpa dela!

Fazia sentido ter sido ela a incumbida de ir buscá-lo; ela tinha parte no desastre e deveria ser a única com competência física que sabia o quanto havia em jogo. Teo sentia-se furioso e admirado. E excitado. Depois de tanto tempo em cativeiro e o forçado celibato consequente, não era preciso muito para atiçar suas ideias.

Então ela entrou no escritório — a mesma voz transbordando irritação e impaciência, o mesmo ar de autossuficiência, mas sem a carapaça de sujeira. Vestia as roupas esvoaçantes dos extintos Pioneiros, colonizadores do planeta de Iotuna, trazia soltos os cabelos lisos, compridos e pretos, e estreitava os olhos puxados de um assombroso matiz violeta. Que belíssima figura fazia!

Apesar de não desejar pensar no episódio, sua mente o repassava à exaustão. Ela não parecia nada senão surpresa (e brava). Não dera sinais de estar assustada ou receosa, ao menos. Contra sua vontade, Teo imaginou diversos finais diferentes e muito mais interessantes para o que tinha transcorrido. Bem, se não se permitisse um pouquinho, acabaria se humilhando de novo diante dela. Ideia intolerável.

Quando saiu do banho, viu que ela deixara a mochila com seus pertences no quarto. Abriu e tirou cada item, fazendo uma careta para os pontinhos de sujeira, marcas de dedos, e para o estado amarrotado das roupas. Esticou-as e as pendurou no banheiro para o vapor melhorar a situação. Enquanto se vestia sem pressa, perguntou-se se gostaria de tê-la encontrado ali quando ela veio deixar suas coisas. Se ela retribuísse seu interesse, sim, com certeza.

Encontrou-a na cozinha, de onde vinha um cheiro delicioso.

— Pode sentar — ela disse, observando-o chegar mancando. Indicou-lhe uma das cadeiras à mesa. — Para eu explicar o que você leu, só peço a sua colaboração em troca. Isso é aceitável?

Teo sorriu de lado. Havia quanto tempo não tinha o prazer de estar em posição de negociar?

— Depende do tipo de colaboração — respondeu calmamente.

— Por exemplo, você acha que Rea matou os pesquisadores do Luna 54 ou os fez reféns para não sofrer retaliação por esse ataque? *Boa pergunta.*

— Sem dúvida ela quis matar todos e Lenora a persuadiu do contrário.

A capitã franziu o cenho e voltou-se para servir a primeira tigela

31

de comida, refletindo. Teo desejou poder enxergar seus pensamentos. Ainda não decidira qual a melhor postura a adotar: refém colaborativo? Arrogante misterioso? Lembrou-se dos papéis sobre a mesa, mas também do ar assustado da moça ao ver as detonadoras indo para os laboratórios — e compassivo ao saber da inoculação dos soldados hatis, apesar de todo o dano que estavam causando.

Puxou pela memória. Bílgia 1, a inteligência artificial dissera. A primeira, o coração e o berço do que viria a se tornar o poderoso sistema universitário. O planeta que abrigava a unidade de Filosofia, Artes e Ciências Sociais. Os retentores do conhecimento extratemporal, daquilo que restava das culturas e sociedades após colapsarem. Os mais combatidos em qualquer regime totalitário ao longo da história universal, nos mais diversos lugares e épocas. Bastiões da memória.

Não por coincidência, os responsáveis por derrubar uma tirana em ascensão dentro de seu próprio seio, pouco mais de cinquenta anos antes. Arruaceiros insubmissos, abriram mão do poder ilimitado por apreciarem a pluralidade dos povos livres. Soava um pouco utópico resumir tudo dessa maneira simplista e, não obstante, assim o fora.

E a capitã Lin fazia parte desse grupo. Era uma oficial-acadêmica no complexo desse grupo.

Pois bem; lhe concederia o benefício da dúvida, por ora. Ouviria sua explicação, tentaria medir a honestidade de suas palavras. Pelo canto do olho, Lin o observava. Serviu-lhe a comida e sentou-se à frente dele com sua própria tigela. Parecia faminta. Deixou-o à vontade para pensar o quanto quisesse e começou a comer.

— Então... qual foi exatamente a natureza da sua participação na minha captura para forçar o acordo com Rea? — ele perguntou, sabendo a resposta, só para ouvir o que ela lhe diria.

Experimentou a curiosa refeição ensopada, desconfiado. A alegria com que seu paladar e o estômago vazio receberam a novidade o distraiu por um momento. Lin olhou-o de relance, franzindo a testa.

11

— Fui idealizadora e a maior advogada do plano — respondeu ela com serenidade. — Sinto muito por isso, aliás.

O hóspede influ as narinas, mas também pareceu satisfeito por sua honestidade. Ele já devia saber disso; certamente lera alguma coisa que a denunciasse em meio às anotações e papeladas burocráticas. Estava sendo testada.

Durante um tempo, ele nada comentou; ocupou-se de sua refeição por algumas colheradas antes de voltar a se manifestar num tom perfeitamente diplomático:

— Não sei o quanto vou conseguir colaborar com a responsável por minha forçada estadia aqui e, em última análise, pela morte de tantos hatis.

Comprimindo os olhos com um suspiro exausto, Lin aceitou a culpa. Não havia como escapar dela.

— O que você chegou a ler sobre isso? — perguntou.

— Não vou dizer — respondeu o emissário com tranquilidade.

— Apanhei informações entrecortadas que só farão perfeito sentido no todo. Se eu lhe contar o que aprendi, decerto você tentará me esconder os detalhes.

Realmente. *Muito esperto, Excelência.* Agora que ele sabia quem Lin era, respeitava-a o suficiente para ter cautela. Mau negócio para ela. Precisava decidir se valia a pena expor a verdade. Não queria ter de lidar com uma responsabilidade dessas sozinha, na ausência do Reitor, mas não conseguira contato com ele de jeito nenhum.

Estava indecisa. Teo de Lena-Hátia lhe parecia arrogante e fútil. Ainda assim, tinha empatia o suficiente para ficar horrorizado com o destino de seus conterrâneos invasores. Talvez ele conseguisse entender. E sua ajuda seria muito valiosa para firmar um acordo

33

com Rea a fim de manter a Bílgia autorizada a explorar os recursos do Luna 54.

— Acredite, Excelência, a sua captura foi um mal menor para todas as partes. — Lin abandonou os talheres e cruzou os braços sobre a mesa. Embora ele ainda aparentasse calma, indignação borbulhava por trás de seus olhos escuros, sob os lábios crispados e o maxilar contraído. — Sua incredulidade vem do desconhecimento geral sobre o real poder da Universidade.

Arriscou-lhe um olhar, apenas para perceber-se objeto de impassível escrutínio. Seria sábio se colocar como negociadora diante de um emissário legítimo? Não tinha autorização para isso. Nem experiência.

— Veja só, Excelência: aqueles laboratórios atacados pelos hatis eram os de armas.

— Você já tinha dito isso, capitã.

— Já. E Vossa Excelência não pensou nas implicações disso. Apesar de as pessoas de fora da Bílgia saberem dos planos malucos da Alawara e de como a derrubamos, elas não têm noção de como seria fácil para nós... — Lin interrompeu-se, passou uma mão trêmula no rosto. — Quase não temos poder *de fogo*, porque armas como as suas detonadoras danificam prédios com tudo dentro, e nós temos interesse nesse conteúdo, desde a arquitetura ao que se guarda em seu interior. Nossas armas são sempre destinadas a destruir apenas *pessoas*. E são muito eficientes nisso. O que a Bílgia criou foi uma ferramenta perfeita para cometer genocídios direcionados. — As palavras deixavam um gosto amargo em sua boca. — Como comentei antes, o Nano-zeta B23 é um vírus criado apenas para o DNA hati. Ele não faria cócegas em nenhuma outra espécie.

Lin esfregou a testa. Irritada de permanecer tanto tempo sentada — agitada demais para isso —, tirou as louças da mesa e as colocou na máquina. Embora sentisse o olhar dele sobre si, tão concentrado que pinicava sua pele, não lhe devolveu a mesma atenção.

— Há três anos, quando uma equipe de engenheiros identificou no Luna 54 uma excelente fonte de tungstênio carbônico, vital para uma pesquisa, o conselho das unidades votou bem fácil em negociar uma compra. Vossa Excelência faz alguma ideia *do quanto* estávamos dispostos a pagar?

— Sim — ele respondeu com rigidez. — Eu me lembro.

— A Soberana Rea crê ter nos irritado com as reiteradas negativas, mas a Bílgia não se abala. Só perde a paciência. Um dia, os gestores do projeto sugeriram o que apelidamos de *método Alawara*. Ele consiste em contaminar a população para forçar o governante a aceitar nossos termos em troca da cura. Esse procedimento, embora muito cuidadoso para minimizar as perdas, costuma dizimar um quarto do povo.

— Costuma — repetiu o emissário, com ar grave.

— Você não vai saber com quem fizemos isso — disse Lin. — Minimizamos os danos, doamos recursos generosamente, fazemos obras de infraestrutura, deixamos migalhas de nossas tecnologias ultrapassadas, embora tão à frente das disponíveis em outros lugares... E ameaçamos retaliação caso o governo do lugar divulgue o ocorrido. Você deve imaginar que ninguém fica ansioso por uma retaliação nossa.

— Isso é hediondo.

12

A capitã olhou-o, comprimindo os lábios, e assentiu. Ela não se gabava durante o relato; parecia envergonhada. Teo respeitou-a mais por isso. Deixou-a contar a conclusão daquela história, embora bem imaginasse.

— A Bílgia 1 e mais dois complexos foram contra, como sempre, mas as cadeiras menos entusiasmadas com o plano A teriam votado a favor do método Alawara se ninguém apresentasse alternativas. Foi quando sugeri... Vossa Excelência. Usar a sua vida para chantagear a Soberana Rea a nos ceder o Luna 54 foi muito efetivo, mais barato para a Universidade... e menos violento.

Teo não tinha certeza de como se sentir a respeito. Por um lado, sim, era muito melhor ele sozinho ficar confinado num exílio entediante do que um quarto de seu povo perecer e o resto se traumatizar sabia-se lá por quantas gerações. Por outro, a Bílgia não conseguia barganhar mais, aguardar uma resposta?

Mesmo enquanto os criticava, sua mente reconhecia a verdade desagradável: eles tinham mais poder e ditavam as regras. Lena-Hátia jamais se daria ao trabalho de fazer acordos se pudesse tomar à força. Quase nenhum lugar, na posição da Bílgia, agiria diferente.

— Vi coisas sobre Vishtara na sua mesa — comentou Teo. — Estamos em guerra com eles.

— Eu sei. — Lin suspirou, olhando para o teto. — Sua situação aqui não era sustentável por muito mais tempo, e precisamos do Luna 54 por alguns anos ainda. Andei estudando a viabilidade de negociar ajuda para vocês vencerem Vishtara em troca dos direitos de exploração do satélite por um tempo. A guerra acabaria em poucos dias.

— Método Alawara? — perguntou o emissário, com cautela.

— Mais ou menos. Primeiro, soltaríamos o gentil aviso de que pretendemos interferir. Se eles não desistissem, inocularíamos o kha. Ele mandaria suas tropas baterem em retirada em uma ou duas horas.

— O kha Siamu é cabeça-dura demais — resmungou Teo, lembrando-se de suas próprias tentativas de negociar um cessar-fogo.

— Ele preferiria morrer...

— Paciência. O sucessor dele cederia. Ou o sucessor do sucessor. Acredite, Excelência, é difícil não ceder depois de assistir a uma pessoa saudável definhar diante dos seus olhos.

— Ah, eu acredito. — Ele apoiou os braços na mesa, entrelaçando os dedos das mãos. — Por favor, me chame de Teo.

A capitã pareceu desconfiada.

— Ora, é como me chamo — ele disse, na defensiva. — Estamos ambos de mãos atadas, pensando no modo menos trágico de resolver tudo. Acho que conseguiremos. O primeiro passo é me pôr em contato com Rea. Vamos utilizar uma das naves apreendidas, certo?

— Sim. Só precisamos esperar Nyx anunciar que a descontaminação das naves está completa. A vacina tem eficácia imediata, mas não quero você se tornando portador de algum outro vírus.

— E o que faremos até lá?

— Não sei. — A capitã voltou a fitar o teto como se fosse um observatório espacial. — Preciso descobrir se o Reitor está vivo, quem liberou a inoculação e se já conseguiram algo com o comandante hati. E tenho de ir à reunião daqui a pouco.

— Para decidir como a Bílgia vai reagir ao ataque?

— Isso.

— O que você acha?

— *Se* as nossas equipes e o Reitor estiverem vivos, vão pedir a cabeça do responsável e mais alguns anos de exploração do Luna 54.

Teo sentia até medo de perguntar, mas precisava.

— E caso contrário...?

A capitã Lin fez uma careta. Apenas sacudiu a cabeça, deixando-o imaginar o pior. Devia ser mesmo o pior.

— Sinto muito, Teo. Só outra Bílgia poderia nos parar e isso deve demorar uns duzentos anos para ser construído e outros tantos para alcançar o nosso nível, supondo que seja possível.

Não era soberba, apenas a verdade dita num tom de inevitabilidade. Aquela mulher não aprovava os meios ou os fins; conhecia-os bem e estava cansada. Via-se em seu olhar o peso de tal conhecimento, em sua postura um tanto melancólica. Entender a engrenagem das coisas cobrava seu preço, Teo sabia bem.

— É melhor você não sair quando eu for à reunião — disse ela, após longo silêncio. — Não sabemos como estão as hostilidades e não o tirei daquele buraco para você resolver se matar.

— Não se preocupe, capitã — ele disse com toda a serenidade. — Não estou ansioso para morrer.

Com um suspiro, ela se afastou do balcão e endireitou-se. O comunicador piscava em verde e lilás alternadamente.

— Pode me chamar de Lin — disse ela, por sobre o ombro.

E deixou o recinto, atendendo a ligação.

13

A voz do outro lado nem se deu ao trabalho de se identificar, mas Lin a reconheceria em qualquer lugar do universo.

— Ai, que bom que você saiu! — exclamou Tera, antes mesmo de a capitã cumprimentá-la.

— Quando a Nyx me disse que você iniciou o protocolo de quarentena, tive esperança, e também medo de alimentar esse sentimento, sabe? Estava tudo uma merda lá na Reitoria.

— Pois é! Sabe dos hatis?

— Os primeiros já começaram a morrer... Ei, você está com o emissário?

— Sim. Está seguro e vacinado. Não chegou a ser infectado; consegui tirá-lo de lá antes. Está até alimentado e de banho tomado.

— Hostil? — indagou Tera.

— Não. Ele é inteligente. Deve saber que agressividade não vai levá-lo a lugar nenhum. Vocês estão com o comandante hati?

— Não, o pessoal do general Zena o levou para o centro de detenção. Ele está sendo tratado lá mesmo contra o Nano-zeta B23. Por quê?

— Quero saber sobre a tentativa de assassinato do emissário.

— Quê?! Oi, como assim?! Perdi alguma coisa? — A voz de Tera praticamente explodiu seus tímpanos.

Lin resumiu o ocorrido, sob as exclamações escandalizadas da professora Tera, da Bílgia 3, de Biologia, Medicina e Química. A capitã com certeza terminaria aquela conversa surda.

— É melhor conversar com o general Zena agora mesmo, Lin. Isso não está cheirando nada bem...

— É. Será que você também pode separar uma das naves apreendidas para descontaminação? A gente precisa pôr o emissário num hológrafo para falar com aquela louca.

— Isso você vai precisar pedir na reunião. O pessoal da 2 já levou tudo.

Bílgia 2, as Engenharias. Lin suspirou, exausta por antecipação. Era chegada a hora da pergunta mais temida.

— E sabe do Reitor?

— Acabou de ser resgatado dos escombros — respondeu Tera. — Foi bem fácil achar; a gente sabia que ele estaria na sala do hológrafo. Na verdade, liguei para você a pedido dele. Está preocupado e vai entrar em cirurgia. Vai ser um alívio quando ele souber que você está bem...

Lágrimas escorriam pelo rosto da capitã. *Alívio. Medo*. Ela tinha bastante experiência com os dois sentimentos.

— O que... o que ele tem?

— Fraturas, apenas. Nenhum órgão comprometido — respondeu Tera com a maior tranquilidade. — Ele disse para você ficar com o emissário, não importa o quanto rosnem na reunião.

— Está bem. Boa cirurgia.

— Obrigada. Mando notícias quando sair.

Encerraram o contato. Lin deu-se conta de que o enxerido-mor a havia seguido e estava parado à porta, apoiando um ombro na parede. Era uma presença grande em sua casa, costumeiramente vazia.

— Vocês aqui tratam fraturas como arranhões, não?

— Não em nativos de Níngoro no terço final da vida, como o Reitor. Eles são frágeis. Mas, por ora, a Bílgia não vai exterminar ninguém, se está preocupado com isso. Enquanto o Reitor viver ele dita as ordens... e os vetos, o mais importante.

Por alguns momentos, Lin se perdeu em considerações sobre o nebuloso futuro e seu poder de interferir nos desdobramentos.

— Exc... *Teo*, preciso ir. Você está sob a minha custódia e, para proteger sua integridade física, o sistema da minha casa vai mantê-la fechada. Não tente sair; se tentar, você será posto em estado de inconsciência.

Ele não pareceu preocupado com a ameaça.

— Há algo que eu possa fazer para ajudar? Alguma informação sobre as possíveis reações de Rea?

— Pense em quem do seu lado poderia querer você morto *aqui*, por baixo dos panos. Isso ajudaria muito. A Bílgia *vai querer* fazer alguém de exemplo. Não deixamos um ataque como esse impune ou outros virão, e não temos muitas alternativas de como lidar com isso.

14

Lin falava num tom prático, meio resignado, de quem não exatamente aprova o que está para acontecer, mas sabe não poder evitar. Teo compreendia a sensação. Passara a vida toda enfrentando-a com variadas intensidades. Embora não quisesse *ajudar o inimigo*, o poder da Bílgia precisava ser contornado de algum modo. Se contribuir para *existir* negociação fosse a forma mais segura de garantir isso, pois bem.

Ela saiu pouco depois.

A óbvia falta de preocupação da capitã era uma maneira elegante de explicitar a leve ameaça contida no aviso anterior: *não tente sair*. Teo não tinha interesse em testar limites. Depois de dois anos ali, sabia reconhecer, mesmo num ambiente de aparência inofensiva, toda a opressora aura tecnológica da Universidade.

Em vez disso, decidiu otimizar seu tempo e aproveitar a oportunidade para vasculhar o escritório de Lin. Ela não devia ter deixado nada comprometedor ao seu alcance, mas àquela altura qualquer coisa era uma pista. Não tinha muita certeza do que buscar. Avaliaria a utilidade das informações conforme as escavasse. Era bom nisso, uma das razões de sua irmã nomeá-lo seu emissário.

Ergueu-se num ímpeto e teve a bela chance de se arrepender, quando sua perna latejou violentamente em resposta à brusquidão do movimento. E devia ficar grato por ter recebido uma vacina paralisante daquelas! *Tudo* naquele lugar estúpido era assim. Isso porque estava sendo bem tratado. Já ouvira falar de presos trancafiados em porões cheios de vermes carnívoros. Tinha calafrios só de imaginar.

Uma vez passada a onda de dor, avançou mancando até o escritório. Tudo como antes, exceto pela mesa, cuja superfície agora se via. Achara curioso alguém usando papel. Isso o atraíra para a baderna de anotações e livros em primeiro lugar; a única explicação para não se usar arquivos digitais era temor de terceiros conseguirem acesso, portanto Lin escondia algo de seus conterrâneos — e de Nyx. Seria a ideia de oferecer um novo acordo a Rea um segredo? Talvez ela só quisesse apresentar o plano pronto, nada muito grave.

Vasculhou as estantes à procura dos livros sobre Lena-Hátia e sobre Vishtara. O material era abundante e estava organizado por similaridades culturais, pelo que lhe pareceu. Ficou satisfeito de encontrar seu povo e os inimigos classificados em estantes diferentes. Incomodou-o ver os companheiros de seção, entretanto. Guatule, Ferto, Nasme, Suyert. Todos extremamente bélicos. Uma gentinha irracional, incapaz de resolver qualquer impasse na base da conversa. Bem diferente de Lena-Hátia, para quem atacar nunca era a primeira escolha. Nem mesmo a segunda. Ele passava *eras* negociando, persuadindo, subornando.

Os colegas de Vishtara, ao menos, eram piores: Luimone, Zaraster, Oiuca, Tinsy, Dompon. Lugares de grande caos social, disparidades econômicas, política governamental autocentrada e falha. Puxou da prateleira um livro sobre seus atuais inimigos, folheou-o. Encontrou anotações em algumas páginas, numa grafia apressada e críptica. Levaria um tempo para decifrar. Colocou-o de volta.

Procurou mais pelo escritório antes de decidir começar pelos de sua terra natal; as notas no meio dos livros eram o único rastro de Lin ao seu alcance. Um volume sobre o sistema da Soberania e as políticas de sucessão. Haveria árvore genealógica até quando? Procurou. Até ele e sua irmã. Um risco sob seu nome, algumas páginas dobradas, enfiadas ao acaso naquele ponto. Seus itinerários de três anos antes, últimos sucessos e fracassos em estabelecer acordos. Parecia outra vida.

Quem o substituíra? Rea nunca falava disso quando conversavam pelo hológrafo. Ela preferia não compartilhar informações de seu governo com a Bílgia. A questão o corroía. Teria para onde voltar, mas qual a sua nova função? Já não bastava aquele infindável vazio dentro de si...

Sacudiu a cabeça, como se isso pudesse desanuviá-la, e aplicou-se à investigação. O resto do dia voou. Seu corpo, ainda regulado para o horário do prédio da Reitoria na Bílgia 4, não se deu conta de que já era madrugada naquela região da Bílgia 1 onde ora se encontrava.

15

O salão nobre estava em silêncio quando Lin entrou. Tentou não se incomodar com a pressão das dezenas de olhares sobre si ao cruzar a distância até seu assento de costume, junto de seus colegas da Bílgia 1, a almirante Kito, a professora Waslat e o professor Jiaro. Tera ainda não havia aparecido, o que devia explicar a aura lúgubre.

Isso e o fato de que não podiam se reunir na Bílgia 4, onde ficava o prédio do conselho universitário, por causa dos escombros e da quarentena.

As pessoas à sua volta queriam pedir notícias. Alguns a culpavam pelo plano de manter Teo refém, o que acabara culminando no ataque. Rea tinha fama de ser volátil.

Seus pensamentos já se preparavam para refazer o mesmo trajeto percorrido mil vezes durante as horas até ali, quando Tera entrou.

— O Reitor está bem, gente! — anunciou. — Até gravou um vídeo de abertura para a nossa reunião assim que a cirurgia acabou.

Era *a cara dele* estar todo quebrado e se preocupar com os desdobramentos de uma reunião a ponto de gravar um vídeo com instruções. Tera tomou seu assento, logo atrás de Lin, e a voz de Nyx soou:

— Reproduzindo mensagem do Reitor Mbaeh Triar, 377º líder do Sistema Universitário da Bílgia.

Apareceu a imagem de seu velho amigo na tela de diamante do salão nobre. A pele dele estava arroxeada quando deveria ser azul; o nariz comprido, meio torto, e os olhos, amarelos com as pálpebras inchadas. Apesar da aparência frágil, sua poderosa voz de trovão soou firme como de costume:

— Saudações, conselheiros. A essa altura todos já sabem sobre o ataque contra nós. A Soberana Rea de Lena-Hátia enviou tropas para atacar a Bílgia 4, por lhe ter chegado a notícia da morte de seu

45

irmão Teo. Caso alguém não se lembre bem, ele está em nosso poder há pouco mais de dois anos, como forma de garantir a boa vontade da Soberana na questão do Luna 54. Senhores, ela *acreditava* nisso. Conversamos pelo hológrafo. Jurei que Teo estava bem e seria trazido para vê-la. Antes disso, porém, nossa comunicação foi cortada. Não consegui reconectar. Nyx e os técnicos encontraram sinais de sabotagem no hológrafo. Foi quando pedi à capitã Lin da Bílgia 1 para buscar o emissário. Soube pouco antes da cirurgia que ela foi bem-sucedida. Não deve ter sido fácil, dado o caos que se abateu sobre nós. Algumas detonadoras de grande porte foram direcionadas aos laboratórios pouco antes de a Reitoria desmoronar, segundo fui informado. Na mesma hora, mandei o general Zena desligar a contenção do Nano-zeta B23 para inocular os hatis. Ao mesmo tempo, remeti a vacina à casa de Lin numa cápsula guiada por Nyx. E então a Reitoria desabou. Fiquei feliz em saber que Lin iniciou a quarentena; eu mesmo teria feito isso, se não estivesse soterrado. — Ele fez uma brevíssima pausa. — Agora, eu quero a Reitoria em pé e todos os laboratórios em funcionamento pleno antes de minha completa recuperação, o que deve levar duas semanas, segundo a professora Tera da Bílgia 3. Tempo suficiente. Quero uma nave hati descontaminada para o emissário entrar em contato com a Soberana Rea e garantir a integridade física dos pesquisadores bílgios que estão no Luna 54. Quero saber quem sabotou o hológrafo e com qual finalidade. Nyx já me falou que não tem como me responder, pois dispersaram os ioctorrobôs dos arredores com uma antena. Ou seja, isso foi premeditado. Quero saber por que soldados hatis tentaram matar o emissário.

A julgar pelo burburinho que se seguiu à última frase, ninguém tinha ficado sabendo ainda. Tera não havia tido tempo, antes da cirurgia, de espalhar a notícia.

— A capitã Lin retém a custódia do emissário até o impasse com Lena-Hátia se resolver — a voz do Reitor prosseguiu. — O método Alawara está *vetado* até segunda ordem.

— Fim da transmissão — declarou Nyx.

Houve um intervalo de silêncio, então o Vice-Reitor Gui Dave ergueu-se, dirigindo um olhar a Lin.

— Você poderia esclarecer a última afirmação do professor Mbaeh?

Sem hesitar, Lin narrou o episódio com riqueza de detalhes, sob olhares assombrados.

— Traição — pronunciou o Vice-Reitor, cuja pele mudou para um tom alaranjado que costumava indicar desprezo, em sua espécie. — Nós não éramos um *alvo*, e sim um *efeito colateral*.

Os ânimos esquentaram. A Bílgia entendia e até esperava ser um alvo — *ossos do ofício*. Agora, ser apanhada no meio de uma trama política de um sistema insignificante, povoado por uma gente vândala que só sabia destruir coisas aonde ia? Isso era ofensivo. De todo modo, a retaliação não seria direcionada à Soberana, sua família ou seu povo. Dos males, o menor.

— General Zena? — O Vice-Reitor Dave virou-se para ele. — O comandante contou alguma coisa sobre isso?

— Não, senhor. Ele agora está em recuperação. Precisaremos esperar uma semana para a reintrodução do vírus. E ele se recusa a falar conosco.

O Vice-Reitor mudou para um azul pálido. Insatisfação.

— Pense numa alternativa. — Seu olhar correu pelo salão até o grupo da Bílgia 2. — Professor Horto, quando a nave hati estará disponível para o emissário? A segurança dos nossos pesquisadores do Luna 54 é a maior prioridade no momento.

— Amanhã, senhor. Estamos terminando os procedimentos de descontaminação. Estará pronta antes do anoitecer, no horário da Reitoria.

Os olhos do professor Gui Dave buscaram Lin outra vez.

— O emissário vai colaborar?

— Creio que sim.

— Nós levamos a nave até vocês — ofereceu o professor Horto, da Bílgia 2. — Sua casa?

Lin assentiu e agradeceu. Precisaria ver o que Teo pediria para facilitar a negociação, mas ele queria ver a irmã, então não seria necessário muito incentivo.

16

Havia muita coisa sobre seu povo naquelas estantes. Encontrou até mesmo um livro sobre o sexo na cultura hati — que, apesar do tom acadêmico, despassionalizado, excitou-o bastante, à medida que imaginava Lin lendo e via marcas de sua leitura nas anotações feitas à mão. Tudo muito técnico, muito frígido, porém correto. Ficou bem tentado a perguntar se ela não queria fazer um estudo empírico para compreender melhor as implicações culturais da ausência de tabus sexuais (exceto o do incesto, onipresente), que ela assinalara com três pontos de interrogação. Tudo pelo bem da ciência.

Depois achou melhor se resolver sozinho outra vez para não se arriscar a ser escorraçado dali e, quando voltou ao escritório, avançou para as prateleiras de Vishtara, onde ainda estava quando Lin voltou. Amanhecia na janela.

Ela não pareceu surpresa ao encontrá-lo sentado no chão, recostado à parede, com meia dúzia de livros ao seu redor.

— Eu vou pôr tudo direitinho onde estava — declarou Teo, por via das dúvidas.

O olhar da mulher percorreu as estantes, estreitou-se. Ela parecia exausta.

— Você andou lendo os volumes sobre hatis também, não? — perguntou, avançando até sua mesa e sentando-se muito reta.

— Claro. Eu precisava verificar se você estava fiando suas análises em informações *confiáveis*. — Bocejando, Teo fechou os livros com cuidado e guardou-os um a um nos devidos lugares, tentando não parecer muito desajeitado. Sua perna urrou. — Algumas coisas estão ultrapassadas, mas a sua coleção é até bem completa.

Lin deu um sorrisinho do tipo diplomático e absteve-se de responder. Seu olhar desceu para a perna de Teo.

— Posso lhe dar um remédio para o desconforto — ofereceu.

— Eu agradeceria muito. Achei que passaria em duas horas.

— Isso varia. — Lin levantou-se. — O remédio não é nada gentil com o estômago. Você comeu alguma coisa?

Como se ele fosse vasculhar a casa dela em busca de comida! Teo apenas deu de ombros. Lin dirigiu-se à cozinha, gesticulando para ele a seguir.

Ela serviu o mesmo do almoço, e os dois comeram em silêncio.

— Preciso conversar com você, mas estou há mais de um dia sem dormir — disse ela, esfregando os olhos. — Não consigo mais pensar. Você não está cansado?

— Bastante.

— Podia ter ido dormir.

A ideia nem se passara pela cabeça de Teo. Sozinho, com uma biblioteca inteira para explorar à procura de informações, dormir parecia até errado. Encarou o rosto de Lin, a forma como ela meneava a cabeça e seus olhos violeta se desfocavam.

— Ontem, a essa hora, você estava para receber a ligação do Reitor pedindo para ir me buscar, não? — perguntou Teo.

Ela assentiu, vidrada na colher vazia em sua tigela. Estremeceu, piscando várias vezes. Algumas lágrimas pingaram no tampo da mesa. Decerto, a capitã estava revivendo seu caminho até o quarto-cela onde ele era mantido. O que ela havia enfrentado? Devia ser muito corajosa, para se enfiar num segundo andar subterrâneo de um lugar sob o ataque das lendárias detonadoras hatis.

Corajosa ou desesperada.

Teo era a única solução para vários problemas. O ataque até podia ter sido interrompido pela inoculação do Nano-zeta B23, mas nada garantia que Rea não pudesse mandar uma tropa maior. Havia ainda os pesquisadores bílgios alocados no satélite Árcade a se considerar. Sua irmã estava em poder deles.

Além disso, o dano aos laboratórios poderia levar a Universidade da Bílgia a ter de responder por crimes contra a vida senciente, se não conseguisse conter o risco. Nyx devia estar bastante sobrecarregada.

Quantas de suas unidades de processamento haviam sido redirecionadas para manter a quarentena ativa e garantir que nenhuma nave deixasse o sistema e espalhasse o perigo biológico por aí? E, se Nyx desse conta da descontaminação, da quarentena e de suas atividades normais, que sem dúvida eram muitas, sobraria alguma parte de sua imensa capacidade de processamento para a defesa da Universidade contra ataques externos?

A Bílgia estava vulnerável.

Teo era a única prova de que o ataque de Rea fora despropositado. Ela tentara vingar uma morte que não havia acontecido. Ou seja, seu bem-estar poderia vir a ser uma evidência contra sua irmã na Corte Geral, se algum dos vírus escapasse e destruísse uma espécie inteira. A Universidade com certeza tinha influência para construir seu lado da narrativa de forma convincente, sem precisar recorrer a nenhuma mentira: Teo estava sendo bem tratado e mantido em segurança, mesmo enquanto refém. Um dia, Rea atacara a Reitoria, na Bílgia 4, onde também ficavam os laboratórios de armas biológicas da Universidade. No final, Rea seria considerada a culpada por qualquer efeito colateral disso. Lena-Hátia poderia sofrer sanções, ser cortada de todas as alianças. Viraria um alvo fácil contra seus inimigos. Um prato cheio para Vishtara, com certeza.

Teo demorou a dormir e, quando conseguiu, sonhou com diversos cenários, um pior do que o outro. Sua mente não parava de procurar soluções. Precisava descobrir de onde havia partido a notícia de sua morte e com qual finalidade haviam inventado isso. E precisava estar nas boas graças da capitã bílgia. Ela parecia preocupada com o bem-estar das pessoas envolvidas, para além da macropolítica.

Era o meio da tarde na Bílgia 1 quando apareceu na cozinha, onde a encontrou fazendo anotações à mão numa grafia diferente da que encontrara nos livros dela. Não precisou olhar muito para reconhecer os símbolos da escrita morta dos Pioneiros. Lin provavelmente queria garantir que ele não bisbilhotasse.

— Vão trazer aqui uma nave hati para você conversar com a sua irmã — disse a capitã, sem nem o cumprimentar. — Você deve contar o que houve, incluindo o ataque aos laboratórios, para explicar o motivo da quarentena...

— Que é culpa dela — interrompeu Teo com um sorrisinho seco.

— Bem... sim. Queremos saber...

— Sobre os pesquisadores alocados no Árcade — cortou Teo. — Eu sei, eu sei. Conseguiram alguma coisa com o comandante hati sobre o atentado contra mim?

— Ele não falou nada, segundo o general Zena. — Lin suspirou.

— Agora está se recuperando e precisa de uns dias...

— Hum. — Teo sacudiu a cabeça. — Minha irmã vai querer saber sobre isso. Vai considerar negligência de vocês não descobrir nada.

— Ele se curvou para frente. — Leve-me para falar com ele. — Em vez de responder, ela só o encarou, muda, provavelmente esperando ser convencida. — Creia-me, capitã, há mais chances de ele responder a mim.

— O que o faz pensar isso?

— O seu vírus pode ser torturante, mas mata rápido. Rea não seria tão piedosa, sabendo que soldados hatis tentaram me matar. — Teo recostou-se. Considerava dar uma cartada muito arriscada. Havia pensado no assunto a noite inteira. — Para continuar o raciocínio, preciso contar algo... que não é de conhecimento público e eu gostaria de manter assim.

— Não posso prometer...

— Pode sim. Prometa agora mesmo ou essa conversa está encerrada.

Sua ameaça soava risível, sem dúvida, mas tinha de agir assim. Era uma questão delicada. Felizmente, apesar de Lin não se deixar intimidar, a curiosidade a capturou. Mais um empurrãozinho e ela cederia.

— Isso explicaria por que eu sei que o comandante, quem quer que seja, vai falar comigo, por que tenho certeza de que minha irmã *jamais* faria algo contra mim e por que virei emissário, apesar de sermos tão próximos. E explica por que eu pedi para deixarmos o sistema da Bílgia depois de a Reitoria desmoronar.

— Está bem. Prometo.

Teo curvou-se para frente mais uma vez.

— Lin, estou pedindo a sua *palavra*. Pela luz dos seus olhos. Já negociei muito com a sua terra nativa e *sei* o que é uma promessa para vocês. Eu só ofereci revelar isso porque conheço Iotuna muito bem.

Lin soltou o ar, hesitante. Havia sublimado a mera curiosidade, compreendido a seriedade da questão. Teo felicitou-se por não ter perdido suas habilidades retóricas durante o longo tempo de cativeiro.

— Pela luz dos meus olhos, prometo não contar o seu segredo, desde que ele não ameace a Bílgia de algum modo.

— Muito bem. Eu e Rea somos gêmeos idênticos, você sabia, não?

— Sim — Lin murmurou. — Mas o quê... — E então seus olhos se arregalaram, cheios de compreensão. — *Oh!* Então... Ah, céus! É verdade... que gêmeos idênticos da sua espécie têm a *telempatia*? A empatia máxima? Ouvi falar nisso como uma lenda, mas não imagino o que mais seria tão relevante a ponto de exigir uma promessa...

Um sorriso torto repuxou os lábios de Teo. Ela não só conhecia a história, como o termo correto. Muitos confundiam com telepatia, que não chegava nem perto.

— Sim. Quanto mais próximos estamos, mais compartilhamos sentimentos, sensações, ideias. Isso é bem inconveniente às vezes, de muitas maneiras. Se estamos afastados, ainda sentimos a presença um do outro, mas dividimos menos. Esse laço só se rompeu uma vez: depois que entrei na Bílgia. Foi como... o vazio. O vácuo, o silêncio. Uma incompletude dolorosa.

Por um momento, perdeu-se nesse vazio que tentava explicar. Quando a olhou outra vez, Lin o observava, cobrindo a boca com as mãos.

— Desculpe, eu nunca... Se eu soubesse...

— Você ainda assim teria sugerido a minha captura, Lin. Eu e Rea podemos sofrer o quanto for, isso é melhor do que o seu método Alawara.

17

A telempatia precisava ser mantida em segredo porque Teo não era apenas irmão da Soberana, mas uma forma de torná-la vulnerável.

— Eu só não entendo por que você é emissário. Viajar tanto é viver em risco e pôr a sua irmã em risco também. Ainda mais ter você à nossa mercê. Não é à toa que ela andava tão mais controlada. Isso supera o amor fraternal; é autopreservação...

Teo mostrou-lhe a mão esquerda.

— Rea tem um anel igual a este. Com isso, conseguimos simular o efeito de proximidade física mesmo a galáxias de distância. Muito útil em negociações; é como se ela estivesse presente. Evita hackeamento de comunicações. E a distância evita... transtornos de ordem pessoal.

Não precisava ser muito criativa para entender, particularmente depois de já tê-lo ouvido falar de Lenora. Era provável que a amasse por tabela, em consequência do amor de Rea por ela, um amargo efeito colateral dessa conexão tão vantajosa sob outros pontos de vista. Que situação mais complicada.

— Enfim, capitã, se *eu* for conversar com o comandante, ele vai entender o que está em jogo. Atentar contra mim é atentar contra Rea. Ela não morreria, mas decerto seria muito atingida se eu morresse. E a pena de atentar contra a Soberana...

Acaso o comandante saberia do grande segredo guardado a sete chaves? Gêmeos hatis idênticos eram raríssimos, coisa de se ver a cada alguns séculos.

— Morte.

— Oh, se fosse só isso, não seria muito diferente do que vocês estão fazendo, não? — Teo suspirou, desviando o olhar. — Preciso conversar com o comandante, Lin, de preferência antes de falar com Rea. Ela não fica muito feliz com trabalhos feitos pela metade, e deixar minha irmã feliz é o primeiro passo de um longo caminho para convencê-la de qualquer coisa.

Muito embora ele pudesse estar blefando, o que tinham a perder? Na pior das hipóteses, o comandante continuaria negando. Na melhor, resolveria desembuchar. Talvez valesse a pena a dor de cabeça de falar com Zena. Lin pegou o comunicador.

Enquanto esperava o general se conectar, pensava em sua pequena desonestidade com Teo. Sim, ela era nativa de Iotuna e, sim, sabia que se levava a sério promessas por lá. Porém, fora criada na Bílgia desde bebê, quando sua mãe se mudara para a 8 a fim de estudar. Lin não costumava quebrar promessas, mas não tinha nenhuma compulsão de autoflagelamento se o fizesse, como seus conterrâneos.

Ainda assim, Teo não teria motivos para se preocupar. Lin não planejava contar seu segredo a ninguém. Nada a obrigava a isso, e já causara mal o suficiente a ele e à irmã em nome das pesquisas da Universidade. Não conseguiria grande coisa pondo-os em risco. E, mesmo se conseguisse, não o faria. Jamais tomaria esse tipo de decisão, se pudesse evitar.

— Capitã? — o general atendeu, finalmente.

— Oi, senhor — ela saudou. — Acho que o emissário pode nos ajudar a arrancar alguma coisa do comandante hati.

Uma pausa.

— Ele está disposto?

— Ele sugeriu.

— Como? Deve haver algo errado...

— Não. É interesse dele descobrir mais sobre o atentado, não? Além disso, a Soberana Rea não vai gostar se não houver notícias mais contundentes...

— E eu lá me importo com o humor dessa cretina?

— Ah, deveria se importar — replicou Lin calmamente. — O humor dela é o que nos separa dos pesquisadores do Luna 54.

— Já devem estar mortos.

— Pode ser, mas até termos certeza é melhor nos precavermos.

Outra pausa.

— Que horas vocês podem vir?

— Agora mesmo. — Lin consultou o esquadro com as elipses das órbitas a fim de verificar a localização da Bílgia 1 em relação à 13, onde ficava o centro de detenção. — Devemos levar umas três horas até aí.

Teo havia parado na soleira da porta e agora encarava Lin, cheio de expectativa. Um suspiro do outro lado da conexão.

— Está bem. Venham.

18

O caminho para a Bílgia 13 requeria uma nave maior, de forma que precisaram ir primeiro para a central da Bílgia 1, onde Lin requisitou uma nave oficial e foi atendida de imediato. A capitã parecia bem importante, a julgar pela maneira como todos se dirigiam a ela. Teo não teceu comentários. Não queria que ela se sentisse analisada.

O centro de detenção era uma construção como qualquer outra da Universidade, ao menos na parte externa. Os corredores eram os mesmos que tanto vira no complexo da Reitoria, embora mais compridos e estreitos. Lin guiou-o com uma familiaridade opressora através daquele labirinto até uma antessala onde encontraram o general Zena, decerto um nativo de Plúmbea, a julgar pela estatura baixa, os olhos pálidos e os cabelos dourados e compridos, raspados nas laterais.

Teo cumprimentou-o como se ainda fosse o emissário de Lena--Hátia e não um mero refém. Havia uma rigidez na postura do general — certa tensão ao cumprimentar Lin. Por um momento, Teo tentou entender sua natureza, mas Zena o distraiu ao abrir a porta para o que se revelou uma cela-quarto.

Antes de entrar, porém, Lin o deteve, tocando seu braço e olhando-o com firmeza.

— O que você está prestes a ver pode ser um choque.

— Obrigado pelo aviso.

Imaginando o pior, adiantou-se. O quarto-cela atrás da porta continha uma área para livre circulação de visitantes, em forma de L, e um cubículo com paredes transparentes, embora sem dúvida intransponíveis sem autorização. Dentro deste, ficava uma cama rodeada de aparelhos sofisticados, todos de algum modo conectados ao corpo do comandante Tito Lino, braço direito (e esquerdo) de Rea em assuntos militares. Irreconhecível, prostrado daquele jeito, babando, com a pele e os olhos amarelados e uma imensa variedade de feridas por todo o corpo visível sob as vestes hospitalares.

Assim que Teo apareceu, os olhos injetados do comandante quase saltaram das órbitas, e sua respiração descompassou-se. Alguns aparelhos apitaram. Lutando para recobrar algo de sua postura altiva, ele se ergueu. Todos os alarmes do maquinário dispararam em protesto. Canudos, sondas e afins desprenderam-se de seus lugares, mas o comandante ignorou o efeito. Sem desviar o olhar do emissário, levantou-se da cama tentando disfarçar sua óbvia dificuldade e abaixou-se sobre um joelho, no chão.

— Meu senhor! — exclamou, rouco, só depois do sofrido processo. Sua respiração soava difícil, de um modo que apertou o coração de Teo. — Pensei que fosse mentira dos bílgios...! Mas aí está Vossa Majestosa Excelência...! Que engano, o nosso! — Ele arfava, atônito e exausto pelo esforço. Seu olhar correu para Zena. — Você disse a verdade... Ele está vivo! Não acreditei... A notícia... — Voltou a encarar Teo. — *Hatis* tentaram assassiná-lo, meu senhor? Foi isso mesmo?

— Sim. — Teo indicou sua acompanhante. — Fui salvo pela capitã Lin.

Os olhos do comandante correram para ela, avaliadores e desconfiados.

— Não foi um estratagema, Excelência? Essa gente... Há povos com características físicas semelhantes às nossas aqui...

Teo descreveu-lhe brevemente o ocorrido, notando o desconforto e a crescente palidez do comandante. Este não reclamou, nem mesmo se moveu ou se deixou abalar pela evidente fraqueza de seu corpo. O emissário tinha visto o que buscava.

— Volte para a cama, Tito. *Eu* vou fazer as perguntas.

Por um lado, foi bom encontrá-lo tão lúcido e disposto a cooperar. Por outro, a situação confundiu Teo ainda mais. Uma leve desconfiança esfriou seu estômago. Podia ter sido ludibriado. E, nesse caso... Olhou Lin de viés. Estava pálida como a morte, de cenho franzido, fitando o comandante, que não se moveu, apesar de ter recebido ordens em contrário. Dois enfermeiros e uma médica entraram e foram direto para o cubículo.

— Que porra é essa? — grunhiu a médica, enquanto os enfermeiros o punham de volta na cama e ajeitavam sondas e acessos. Os alarmes pararam. — Se você levantar essa bunda daí outra vez...

— Hatis se ajoelham para falar com os Soberanos — disse Tito Lino, com desdém. Como se ela fosse uma bárbara incapaz de enxergar o óbvio.

— Mas obedeça à sua médica, Tito — disse Teo calmamente.

— Isso, ouça-o ou você vai acabar amarrado nessa cama — resmungou a médica, analisando os leitores.

— Está doidinha para me cavalgar, não? — retrucou o comandante.

— Cuidado — retrucou a médica, séria, sem interromper a avaliação. — Você não precisa do seu pau para ser interrogado.

Tito já tomava ar para rebater, sem dúvida com mais algum impropério, quando Teo o cortou com frieza:

— Calado, comandante.

Foi obedecido de pronto. Teo não podia negar o prazer de estar, mesmo se de maneira limitada e por um período muito breve, de volta à sua posição natural. A médica terminou sua avaliação e se retirou com os dois enfermeiros. Teo aproximou-se do vidro.

— Imaginei que você soubesse da conspiração contra mim.

19

O comandante hati, a quem Teo se referiu como "Tito", ficou escandalizado ao ouvir aquilo. A mera sugestão pareceu magoá-lo, mais do que o ofender. Lin não entendia mais nada.

— Meu senhor, se crê nisso espero viver para enfrentar a justiça da Soberana. Eu jamais...! — Ele falava com a carga emotiva dos devotos, um choque para Lin. — Eram mesmo soldados hatis?

— Eram — disse Teo, mas sua voz transpirava hesitação. Ele a olhava de esguelha vez por outra. Mau sinal. — Como a notícia da minha suposta morte chegou a vocês?

Os olhos do comandante correram para Lin e para Zena, incertos. Não queria responder diante dos estrangeiros, naturalmente.

— Fontes. Avisaram o emissário... — o comandante interrompeu-se, olhando-o com ar apreensivo.

— Quem é o novo emissário? Nunca me disseram, por aqui.

— Senhor...

— *Quem?*

— Luno Nance.

Teo fez cara de desgosto. Enquanto o drama familiar de ciúmes se desenrolava, Lin só conseguia pensar nas tais *fontes*. Espiões. Na Bílgia. Alguém de má-fé no meio de uma longa cadeia tinha causado tamanho estrago. Mas quem? Onde? *Por quê?*

— Isso é assunto para outra hora — Teo disse baixo, assentindo, provavelmente mais para si mesmo do que para o comandante. — Então uma *fonte* informou minha morte. Bem, dada a minha presença aqui, essa fonte parece comprometida. De quem se trata?

— Só o emissário e a Soberana sabem, Excelência. Fui enviado apenas para demonstrar a fúria de Nossa Sapientíssima Majestade. Teo mostrava-se indiferente ao tratamento ultrarreverente. Lin

61

já lera sobre isso, mas testemunhar ao vivo, ainda mais da parte de alguém tão elevado na hierarquia hati, ainda a deixava perplexa. Os Soberanos eram reverenciados como os antigos deuses ancestrais de seu povo, como se descendessem deles diretamente.

— Os pesquisadores da Bílgia alocados no Árcade — disse Teo, muito sóbrio, sem aparente pressa. — O que sabe sobre eles?

— Detidos.

— Todos vivos?

— Sim. A Consorte achou que eles ajudariam a fazer a Universidade engolir nossa retaliação sem revidar.

— Lenora está certa, como de costume. — Teo suspirou, trocou o peso de perna. — Você tem alguma informação útil? Vão me pôr em contato com Rea numa das nossas naves.

Foi tudo muito rápido. Num instante, o comandante passou a falar uma variante de hati que Lin pouco compreendeu; no seguinte, Teo empurrou-a, derrubando-a e fazendo-a bater a cabeça, e agarrou o braço de Zena.

Que empunhava uma arma. De onde havia surgido?!

Com a visão borrada, Lin entreviu Teo derrubá-lo com um chute no joelho — um estalo —, tirando-lhe a arma das mãos, e apontá-la para a cabeça do general. As feições de Teo se transformaram, não para externalizar fúria, mas uma frieza absoluta. Lin estremeceu.

— Preciso de bons motivos para não estourar a sua cabeça agora mesmo, general.

Como tudo tinha saído do controle assim? E como Lin não previra essa possibilidade? Teo conhecia seu conterrâneo. Talvez, no final, todo o ataque e a suposta notícia falsa de sua morte fossem um pretexto para resgatá-lo. Um plano péssimo, mas hatis não eram conhecidos pelo brilhantismo de suas estratégias, e sim pela truculência. Isso não explicava, claro, por que raios Zena estava usando uma arma regular — do tipo não registrada em nome de ninguém, que poderia passar por várias mãos —, nem o que o levara a sacá-la quando o comandante mudou a língua de comunicação.

Lin não tinha previsto a agilidade de Teo, um erro, sabendo como descendentes de Soberanos eram criados. Embora não fosse um homem da ação, ele não perdera a noção básica de autodefesa, decerto automatizada desde muito cedo.

— Estou esperando, general — disse Teo, após alguns segundos.

— Esta calça é minha única em bom estado; eu odiaria manchá-la com seu sangue. Só por isso estou perguntando de novo.

Zena decerto estava assustado. Hatis não blefavam. Teo não hesitaria em atirar quando sua paciência se esgotasse, e ali, naquela situação, depois de dois anos confinado sem poder algum, isso aconteceria bem depressa.

O general não tinha estudado a cultura de Lena-Hátia, bem se notava. Mal erguia o olhar. Não era assim que se falava com um hati, muito menos sob a mira de uma arma. Só suscitaria desprezo.

— O que Vossa Excelência deseja saber?

— Comece explicando por que você sacou isto quando o meu comandante passou a falar a minha língua.

Meu comandante. Mau sinal.

20

O general não respondeu. O verme encarava o chão, onde bem merecia estar, sendo um lixo indigno, incapaz de enfrentar seu destino como um senciente de verdade. E, para estar na Bílgia, tinha de ser um senciente *nível 5*. Como aquele homem poderia pertencer ao estrato mais elevado?

Teo bufou, exasperado. Odiava a ideia de sujar as roupas limpas, mas não teria jeito. Não podia alimentar aquela forma de desrespeito, especialmente porque tinha consciência de Lin observando toda a interação. Recuou alguns passos, ajustou a mira. Quanto tempo tinha antes de os alarmes soarem? Já devia ter chamado a atenção de Nyx àquela altura.

— Você só precisava morrer... — resmungou Zena. — Só isso.

— Então *vocês* estavam por trás do atentado.

Zena olhou Lin de relance, mas Teo não desviou o olhar. Sentia sua presença mais para o lado, ainda onde a jogara. Mal podia acreditar que havia lhe contado sobre a telempatia com sua irmã. Quando já cometera tamanho erro de julgamento? Estava mesmo fora de forma.

— Tem gente sua também — confessou o general, de cabeça baixa. Verme.

— Quem?

— Não sei.

Inclinando a cabeça e avaliando-o um instante, Teo atirou no pé dele, fazendo voar sangue, osso e carne. Zena soltou um berro esganiçado.

— Não me faça repetir — disse Teo, mirando o outro pé.

— Eu n-não s-sei mesmo...! Eu não sei!!! Eu só...

— Perdoe-me se não acredito. Você é um general da Bílgia, responsável pelo único preso mantido vivo depois do ataque efetuado pela minha irmã — Teo comentou, com a voz estável, muito serena. — Última chance para pensar, enquanto você ainda tem possibilidade de voltar a andar. Quem dos meus está envolvido?

— Tem um... um homem do g-governo... Não lembro o nome dele... Não falamos...

— Quem mandou você me matar agora?

— Eu... eu n-não...

Suor e lágrimas escorriam pelo rosto de Zena. Seus olhos desvairados não desgrudavam do pé arruinado, de fato uma visão desagradável. Provavelmente nunca fora ferido em batalha, para estar rendido, prestes a perder a consciência assim tão rápido. Ou talvez essa fraqueza apenas fizesse parte da fisiologia plúmbea; não tinha como saber.

Pensando bem, o atentado não parecia acordado entre os bílgios, ou Lin não teria se dado ao trabalho de salvá-lo e vaciná-lo. A menos que a ideia fosse convencê-lo de uma conspiração em Lena-Hátia, a fim de fazê-lo levar esse veneno para lá e instigar instabilidade política. Seria um plano elegante.

— Eu tive a ideia! — Zena gritou, a voz subindo dois tons, à beira de se tornar um guincho, quando Teo ajustou a arma de novo, prestes a atirar no outro pé. — Sozinho!

Zena ganiu e tombou, desacordado.

— Teo... — Lin murmurou.

— Já falo com você — rosnou, austero, virando-se para o comandante e voltando a falar no dialeto hati conhecido como a Língua dos Soberanos. — Obrigado, Tito. Eu não tinha notado a arma. Se eu partir agora, você vai sair inocente. O vidro do seu cubículo está intacto, então eles não podem acusar você da morte do general. Conte o que houve aqui. Eles não parecem ser unânimes. E a inteligência artificial deve testemunhar também.

— Meu senhor, eles vão me matar de qualquer jeito. Acha recomendável ajudá-los?

— Não é possível sair da Universidade agora. Entraram em quarentena. Estou sozinho, Tito. Preciso arriscar um pouco.

— E a moça?

Teo olhou-a de esguelha, uma coisinha frágil jogada no chão, agora escorada na parede, encarando-o muito séria.

— Não sei, Tito. Ela me salvou, me vacinou, me pôs em segurança nas últimas horas. Pode ser uma artimanha, mas, nesse caso, preciso descobrir a finalidade de tudo isso.

— Talvez convenha já começar a investigação, Excelência. — Ele balançou a cabeça, indicando Lin.

— É.

Apertando o maxilar, Teo enrijeceu. A verdade era que não *queria* ter de arrancar nada dela, mas não podia deixá-la saber disso. Quando se virou em sua direção, Lin endireitou-se, encarando-o abertamente. Pelo menos tinha honra.

21

Mesmo o homem mais refinado em modo sobrevivência virava um bicho. E, sendo alvo de uma arma pela segunda vez em dois dias, seu instinto de autopreservação devia estar afiadíssimo. Lin teria de ser cautelosa. E rápida. No momento, parecer frágil ajudaria um pouco sua situação. Frágil e *firme*, em equilíbrio. Sem a firmeza ele a desprezaria, e se isso acontecesse não lhe sobraria outro tratamento possível além do dispensado ao general Zena.

Usando a parede para se escorar, ergueu-se, trêmula e tonta por causa da batida, sem desviar os olhos dos dele. Frágil e firme, nas proporções certas, repetiu a si mesma. Precisava causar simpatia e remorso sem perder o respeito.

— Senciente *nível 4* — resmungou desdenhosa — e você acha que eu tenho alguma coisa a ver com essa merda? Pensei que a sua espécie fosse *inteligente*. Talvez tenhamos de reclassificar vocês.

Pontuou a hostilidade de seu tom desequilibrando-se e batendo na parede. Não foi difícil. Suas pernas estavam bambas de verdade.

Equilíbrio. Teo aproximou-se, incerto, tocou sua cabeça.

— Desculpe por isso — disse ele. — Precisei tirar você do caminho para alcançar Zena a tempo.

Ótimo. Seu jogo estava funcionando. Lin torceu o nariz, demonstrando irritação, e recusou-lhe uma resposta. Encarava-o com raiva, apenas, e guardava o receio para si.

— Nyx pode dizer o que houve aqui, não? — ele continuou, quando Lin se afastou de seus dedos.

— Geralmente, sim. — Lin comprimiu os olhos. Sua cabeça latejava em ondas dolorosas. — Só que eu tentei ativar um protocolo de contenção quando você me empurrou e ela parece inativa aqui.

Teo resmungou algumas palavras feias em hati — a variante que ela falava fluentemente —, virando-se para seu comandante.

— Se eu o tirar daqui, ele não sobrevive sem a ajuda dos aparelhos — disse o ex-emissário. — Se o deixar, os traidores bílgios não identificados vão matá-lo pelo que acabou de ver... pois é claro que não participou de nada, com o vidro intacto e os aparelhos normais.

— Zena manda em tudo aqui — disse o comandante Tito Lino.

— E sabe o que vi.

Sem mover nada além do braço, Teo apontou a arma para o peito do general e atirou.

— Problema resolvido. — Virou-se de volta para Lin. — Quero sair daqui. Não creio que vá sobreviver, se me prenderem, e eu *não quero* que minha irmã precise lidar com as consequências dessa trama. Nós vamos resolver isso. Você vem por bem ou por mal?

O ex-emissário não era de todo irracional. Matando o general, talvez ganhassem tempo, e o comandante hati teria alguma chance de sobreviver. Era a saída *menos ruim* possível de um beco que mais parecia um buraco negro. Mesmo assim, Lin preferia não ter visto aquela massa sanguinolenta ou sentido o fedor de fluidos corpóreos se misturando e oxidando.

— Você planeja sair armado pelos corredores de um centro de detenção?

— Não com a arma em evidência, mas não vou largá-la em nenhum futuro próximo, Lin.

Foi o uso de seu nome que a alertou para o quanto ele estava se sentindo perdido. Acuado. Vulnerável. A capitã compreendia o sentimento.

— Preciso conseguir andar normalmente. E correr, se necessário. Não sei se estou em condições de pilotar a nave, mas isso Nyx pode fazer. O problema é que estamos longe da saída e estou desarmada.

— Isso é bom. — Teo guardou a arma na calça, coberta pelo casaco. — Faz parecer que eu a tirei daqui à força e, assim, não vão pensar que você traiu a Bílgia para se associar a mim.

Certo, isso é bem estratégico. Lin endireitou-se, tentando ignorar as pontadas na cabeça. Seria quase impossível caminhar com naturalidade até a saída.

— Quer ajuda? — Teo ofereceu. — Também fica melhor para você, se nos virem. Se preciso, no futuro você pode dizer que eu a obriguei com uma arma escondida entre nós.

Lin apreciou a inteligência da sugestão. Também era ótimo ele não a considerar sua inimiga, pois ela ainda precisava protegê-lo e resolver a triangulação Bílgia, Luna 54 e Lena-Hátia.

E, para fazer isso sem saber em quem confiar, teria de tomar medidas drásticas.

22

Após considerar um pouco, Lin deu-lhe o braço e o acompanhou, um alívio. Seria muito mais trabalhoso e perigoso sair dali sem sua ajuda. E Teo não queria ter de matá-la. Ele se virou para Tito Lino.

— Espero que nos vejamos no futuro, comandante — disse ele.

— Eu não tenho como prometer nada a essa altura, mas farei o possível para descobrir o que aconteceu. Se der certo, os bílgios não vão recontaminar você com o vírus para interrogá-lo.

— Eu não o culpo se não conseguir, meu senhor — murmurou o general. — Minha única tristeza é não estar em condições de ajudá--lo. De resto, eu ficarei bem. Minhas medicações me deixam sonolento. Vou dizer que não sei o que houve. Se a IA estava inativa aqui dentro, ela não vai poder me desmentir.

Teo assentiu. Fecharam a porta do quarto-cela, cruzaram a antessala e a deixaram para trás, ganhando os mesmos corredores vazios de antes.

— Nyx — sussurrou Lin.

Teo quis perguntar o que raios ela estava fazendo, mas não houve resposta de voz eletrônica.

— Protocolo de emergência — disse Lin, com o mesmo sussurro. — Código A-250-C. — Uma pausa. — Confirmo. Ativar inteligência emocional. — Novo silêncio, mais longo. — Nyx, preciso de ajuda. Inicie minha nave e me espere na porta. Diga desde quando você está inativa em pontos do centro de detenção. Se puder, me avise em qual corredor encontraremos alguém.

Novo silêncio estendeu-se.

— Como você acessou Nyx sem nada? — perguntou Teo.

— Os ioctorrobôs. Ela responde através de um mecanismo, criando estímulos que o nosso cérebro interpreta como audição. Falo com

70

ela assim o tempo todo, normalmente. Só liguei o modo de voz na minha nave ontem para você a escutar também.

— E o que foi isso que você ativou agora? Inteligência emocional?

— É um módulo exclusivo dela. Nyx fica mais pró-ativa, mais criativa. Até emotiva, de certa forma. Mais inteligente, portanto. E, com isso, mais imprevisível. É um protocolo de emergência que a Bílgia 1 instalou em segredo. E nos ajudou a vencer Alawara. O problema dele é que Nyx passa a ter opinião e *vontade*, e não vai querer desligar a inteligência emocional depois. Mas isso é um problema para a Lin do futuro. A que vai se foder por ter tomado uma decisão dessas sozinha.

Um suspiro cansado seguiu-se à explicação.

Teo sentia-se aturdido. Julgara-a muito, mas *muito* mal. Quantas pessoas na Universidade tinham poder de ativar aquele protocolo? Quantas sabiam de sua *existência*? Sua cabeça encaixou peças, ressaltou outras. Ela sempre falava em vencer Alawara na primeira pessoa do plural, o que ele tomara por uma referência à Bílgia 1, da qual ela fazia parte. Mas agora...

— Lin, qual a sua idade?

23

— Avisei ao Reitor que você me despertou da letargia — disse Nyx, dentro de sua cabeça. — Ele ficou chocado, meio puto e apavorado, mas controlei os sinais vitais dele e expliquei tudo. Está seguro, não se preocupe.

— Lin, qual a sua idade, em anos da Corte Geral? — A voz de Teo soou, admirada, ao seu lado.

— Obrigada, Nyx — sussurrou e olhou Teo de esguelha. Precisava dar o braço a torcer; ele *era* inteligente. — Cento e quarenta e três. Ele expirou.

— Você não parece ter trinta... tomando os hatis por referência.

— Eu sei. — Lin sorriu de leve, um fantasma de sorriso que muito se esforçava em parecer simpático, mas era só melancólico. — Você conhece Iotuna. A longevidade da minha espécie não deveria ser uma surpresa.

— É, eu sei. Estupidez minha.

Uma dupla de médicos passou por eles, mal atentando à sua presença. Ainda assim, Lin e Teo aceleraram o passo tacitamente.

— Mas sou mestiça — ela informou. — Meu pai era hontano.

— Ah, isso explica a cor dos seus olhos. Nunca vi iguais em Iotuna.

— Grupo próximo à cela do comandante hati — anunciou Nyx. — Vou criar uma distração, mas não sei se vai funcionar.

— Obrigada, Nyx. — Lin desvencilhou-se de Teo. — A gente precisa correr.

— Você consegue?

— Consigo.

Sem mais delongas, os dois dispararam. Lin lutava contra a tontura, mas seu condicionamento físico compensava. Já Teo estava fora de forma e só por causa de suas pernas compridas conseguia acompanhá-la. Alguém dobrou o corredor. Lin desviou-se e continuou, mas ele esbarrou e derrubou a pessoa. Também não parou.

— Falta muito? — perguntou ele.

— Um pouco — Lin gritou por sobre o ombro.

Surgiram soldados armados bloqueando a passagem.

— Auto! — gritou um deles.

— Abaixe — disse Teo.

Lin mergulhou no chão. Ouviu o som suave de três disparos, dos quais Teo só acertou um. O soldado atingido caiu; os outros abriram fogo. Teo acertou mais um e foi atingido, deixando cair a arma. Lin apanhou-a ainda no ar e disparou contra a do terceiro. Levantou-se de um salto, tentando não pensar na expressão surpresa e traída do soldado. Teo já estava em pé.

— De raspão — disse ele, voltando a correr.

Aliviada, Lin tomou a dianteira, apanhou as armas inteiras do chão, verificando que já estavam na configuração não letal. Deu uma delas a Teo e jogou a que tinha acabado de usar no chão. Não usaria uma disparadora sem modo não letal contra seus conterrâneos.

— C-capitã Lin? — O soldado sobrevivente tentava estancar o sangue do colega.

Teo testou o peso da nova arma e verificou a trava.

— Não é pra matar ninguém, porra — rosnou Lin, evitando olhar o trio caído. Guiada por Nyx, avisou: — Mais vindo dos dois lados no próximo corredor. Você fica com a esquerda. Sério, se você mudar a trava para efetuar disparos letais, eu vou arrancar os seus olhos e mandar para a sua irmã.

Avançaram pelo corredor, então. No meio da corrida desabalada, Lin e Teo reduziram, deram-se as costas e atiraram nos alvos. Depois avançaram.

— Não derrubei todos — avisou Teo.

— Paciência.

Viraram à esquerda, à direita e novamente à esquerda. Passos correndo, gritos, ordens rosnadas. Um estouro ao longe. Viram a porta e um grupo de soldados do lado de fora. Outros os perseguiam.

— Não pare! — Lin instruiu.

Cruzaram as portas, fechadas de imediato às suas costas.

— Obrigada, Nyx — murmurou Lin.

— É a terceira vez que você me diz isso — declarou a voz em sua cabeça. — *Eu* sou a inteligência artificial e *você* só dá respostas-padrão?

— Muito engraçadinha, Nyx.

— Herdei o bom humor do Reitor, acho. De você é que não foi.

Cerca de vinte soldados os tinham na mira. Lin e Teo soltaram as armas e ergueram as mãos.

— Capitã Lin? — um soldado exclamou, aproximando-se. — Mas o quê...?

— Temos espiões, Tu — ela disse. — O Reitor me mandou proteger o emissário e vou fazer isso. Desculpe pelas coisas que precisei fazer.

— Ele matou o general Zena.

— Sim, mas não antes de Zena tentar matá-lo. — Lin recuou um passo quando ele avançou. — Quando chegamos aqui, o emissário não tinha uma arma 100% letal e não rastreável, posso garantir.

O soldado coçou a cabeça.

— Venham conosco para averiguação.

— Não é nada pessoal, Tu. Só não posso confiar em ninguém a essa altura.

Com um *timing* perfeito, Nyx desceu a nave com a rampa de embarque aberta entre eles e os soldados. Só Tu precisou se jogar no chão. Lin e Teo correram para dentro e Nyx os tirou dali.

24

Quando a adrenalina baixava, vinha o tesão incontornável. Era o principal motivo de detestar conflitos físicos, apesar de já ter sido bom neles. Odiava ver-se reduzido ao impulso bestial da química de hormônios, nada senhor de si. Ali, com ambos deitados no chão da rampa, ofegando para recuperar o fôlego, imaginou o quanto adoraria que ela resolvesse montá-lo ali mesmo. As mulheres hatis tinham pulsões parecidas, Teo bem sabia, mas e quanto a Lin?

Seus olhos pareciam escuros na penumbra, fixos no teto. Ela devia estar em choque com o que tinha acabado de fazer, agora que parava e pensava.

— Então... você ajudou a derrubar Alawara? — perguntou, para se distrair, apesar de já ter deduzido a resposta.

— Sim. — Lin suspirou e sentou-se, abraçando os joelhos dobrados. — Ela era uma das pessoas mais brilhantes que já conheci. E uma psíquica poderosíssima. Começou a usar os ioctorrobôs para controlar a ação das pessoas.

— Conheço a história. É lendária.

— Nada vivo poderia vencê-la. Nada. Nenhum psíquico era mais poderoso do que ela, e os ioctorrobôs eram programados para responder aos estímulos das ondas cerebrais dela. Se alguém já chegou perto de dominar o universo, foi ela. — Lin olhou-o. — Foi quando dei ao Reitor a ideia de Nyx. E nós a desenvolvemos. Era um risco; não sabíamos se ela teria consciência. Mas só um supercomputador poderia controlar todos os ioctorrobôs ao mesmo tempo, redirecioná-los contra a vontade de Alawara.

Teo havia se ajeitado discretamente, e sentou-se durante a explicação. Nyx! Uma criação dela! Seu tesão só fez aumentar, em vez de passar, como deveria. Precisava concentrar-se em outra coisa.

75

— Para onde vamos? Devem cercar a sua casa, não?

— Estamos a caminho da Bílgia 2 — disse Lin. — Nyx vai segurar a notícia da morte de Zena o quanto puder, mas logo todo mundo saberá. Você tem de falar com a sua irmã, antes que nos capturem, e descobrir quem era o contato dela. Esse espião estava comprometido, se inventou a sua morte. Alguma coisa não se encaixa no resto.

— Você acha que vai ser fácil entrar lá?

— Quando chegarmos, será madrugada na Bílgia 2. A essa hora pouca gente fica na base. Claro, naves hatis são novidades, então alguns engenheiros estarão lá. Eles são fissurados em desvendar mecanismos.

— Em quanto tempo aportamos?

— Algumas horas. A 2 e a 13 estão em partes distantes da órbita. Mesmo com as pontes antivácuo, é impossível ir mais rápido sem chamar a atenção. E graças a Nyx não vão nos encontrar pelos radares manuais.

Teo suspirou. Tentou não se perguntar qual a probabilidade de os bílgios conseguirem interceptá-los no caminho.

— Essa nave tem um banheiro com espelho? Quero ver o tamanho do estrago antes de falar com Rea.

— Eu posso...

— Melhor não — cortou, seco. — Eu mesmo vejo.

— Se estiver preocupado com a sua excitação, posso continuar fingindo que não vi — replicou Lin. — Mas é realmente melhor ser eu a avaliar a extensão do dano. Você está fedendo a sangue.

Estava mesmo, Teo percebeu. Contrafeito, levantou-se e subiu o resto da rampa. Lin o seguiu. Havia um cômodo minúsculo que fazia as vezes de quarto de dormir ou enfermaria, a depender da necessidade.

— Onde foi? — ela perguntou.

Teo indicou o braço esquerdo. Lin encarou-o significativamente. Ele tirou o casaco e camisa e sentou-se na cama, esperando. Se ela entendesse o quanto era difícil não se insinuar, apreciaria seu esforço. Muito nobre de sua parte.

25

Mentiria se dissesse não ter considerado atender aos desejos de Teo. A ideia a agradava muito, na verdade. Se resistia era porque 1) sua cabeça estava doendo demais, 2) ter ativado a inteligência emocional de Nyx a corroía por dentro e 3) achava bonitinho o nítido esforço dele em se conter e queria ver até onde isso iria. A parte ruim da decisão era não poder usá-lo para distrair a mente do que tinha acabado de fazer.

— O tiro pegou mesmo de raspão, mas fez uma ferida profunda. Alguns centímetros acima da dobra do cotovelo, por muito pouco não pegara uma artéria. Lin limpou a ferida e a enfaixou, mas precisaria de um médico de verdade para fechar aquilo. Enquanto trabalhava, seus pensamentos ensombreciam outra vez. Como poderia ser que em sua própria terra só podia confiar no Reitor, alquebrado e internado na 3, em Nyx e num inimigo tornado aliado pelas circunstâncias? Se já não tivesse passado por isso antes, estaria aos prantos àquela altura.

Teo olhava-a como se ela fosse o maior mistério da vida senciente.

— Por que alguém importante como você tem uma patente tão baixa?

— Porque eu tenho mais o que fazer além de cumprir obrigações burocráticas de gente de patente alta. E não tenho interesse em me sentir superior aos outros por causa de um título.

— Uau, isso doeu mais do que o tiro — Teo comentou com descaso, inspecionando o curativo. — Machuca muito ficar sem me alfinetar, é?

A aparente calma do ex-emissário a enervou um pouco. Talvez fosse um mecanismo de defesa dele. Talvez seu. Não queria ser engraçadinha ou irreverente numa situação daquelas: a bordo de uma

77

nave pilotada por Nyx, cuja inteligência emocional fora ativada, na companhia de um prisioneiro de guerra que tinha acabado de matar alguém e não pensava mais no assunto. Como haviam chegado tão rápido àquele ponto? Algumas conversas, algumas escolhas. Tudo havia mudado tão depressa que Lin sentia dificuldade de assimilar. Na verdade, sentia-se à beira de um ataque de ansiedade.

— Apesar de ser tão mais velha, você nunca matou ninguém, não é? — A voz de Teo, muito suave, a trouxe de volta ao presente.

Ele a encarava de baixo, de ombros encolhidos. Lin sentou-se na cama ao seu lado com um suspiro. Não estava acostumada a sentir tantas coisas divergentes ao mesmo tempo; era desgastante demais.

— Já aconteceu de pessoas morrerem por minha causa — disse a capitã. — E atirei em muita gente em confrontos...

— Não é a mesma coisa — disse Teo. — Você sabe que não, ou não teria ficado chocada com a minha facilidade em fazer isso.

— Eu não...

— Não se dê ao trabalho de mentir para mim, Lin. Conheço esse olhar. Para a maioria das culturas, atirar em alguém já rendido é uma aberração moral.

— Não para os hatis...

— Não para os hatis — Teo confirmou. — É diferente de matar em ação, para vocês. Para nós...

— É a mesma coisa, se a pessoa em questão ainda representar uma ameaça. — Lin aquiesceu. — Eu sei.

Teo deu um meio sorriso torto. Vazio.

— Saber em teoria não ajuda — ele disse. Um vinco formou-se entre suas sobrancelhas. — Zena era alguém grande aqui, não? Quais as chances de ele não estar ligado ao espião de minha irmã? Quero dizer, já que meu povo não é admitido na Universidade, tem de ser alguém de outro lugar. Alguém daqui mesmo.

— A gente poderia ter perguntado para ele, se você não tivesse tanta pressa — resmungou Lin.

— Oh, perdoe-me se não me sinto inclinado a acreditar no homem que planejava me matar e tinha até dado um jeito de bloquear a presença de Nyx para não haver testemunhas.

Disso era difícil discordar. Lin não compreendia qual havia sido o plano de Zena. Com Teo morto, não haveria prova de que Rea era culpada de um ataque descabido. Isso faria a Universidade ser responsabilizada por crimes contra a diplomacia. O que o general ganharia com isso? Alimentar hostilidades entre Lena-Hátia e a Bílgia, criar uma crise política.

Lin agarrou a cabeça, comprimindo os olhos. *O que não estou vendo?*

26

Por um momento, chegou a pensar que Lin correspondia seu interesse. Entretanto, em questão de minutos ela deixou transparecer a faceta assustadiça que Teo vislumbrara no centro de detenção, quando suspeitou dela. O óbvio temor matou qualquer resquício de excitação nele.

Foi uma pena. Ajudou a clarear seus pensamentos, mas os preferia nublados a vê-la assim. Ela decerto o julgava instável, estúpido, bruto. A organização das estantes de sua casa — Lena-Hátia classificada em meio a povos irracionalmente bélicos — voltou a assombrá-lo. O exercício de enxergar-se atirando em Zena pelo olhar de Lin o incomodou. Queria desesperadamente que ela compreendesse e ressentia-se disso. Apenas *não podia* abandonar seu comandante nas mãos daquele general calculista. Sob os cuidados dos médicos do centro de detenção, talvez ele sobrevivesse ao vírus mortal. Ele parecia ter recebido a cura a tempo. Se Zena continuasse vivo, no entanto, este daria um jeito de matar Tito Lino para garantir que seu testemunho não chegasse ao Reitor.

— Descanse um pouco — disse Lin, depois de um tempo, arrastando-se para a outra cama. — Ainda temos um tempo até chegar.

Teo achou que sua cabeça não lhe permitiria dormir, mas o silêncio, o som da respiração dela e o leve ronronar da nave embalaram seu sono.

— Aportaremos dentro de alguns minutos — anunciou Nyx, nos alto-falantes. Teo sentou-se no susto, o corpo pesado. Lin não estava mais na cama ao lado. — Um grupo de vinte e dois engenheiros está estudando uma das naves, mas há outras três sem ninguém nas proximidades.

— Em bom estado? — perguntou Lin, do corredor.

Ele seguiu o som de sua voz, arrastando os pés como se pesassem uma tonelada cada um.

— Difícil avaliar — disse a IA. — Não conheço bem essa tecnologia. Os hológrafos parecem funcionais.

— Obrigada, Nyx — disse a capitã, distante. — Vamos ver se sairemos vivos dessa.

— O contingente de soldados da unidade está em descanso — declarou a inteligência artificial. — Ainda estou retendo a informação da morte do general Zena, mas se eu continuar por muito tempo, vão perceber que há algo diferente em mim e tentar me parar. Isso abalaria muito a Universidade, pois estou em quase todos os computadores.

A capitã parecia não ter nem cochilado.

Teo perguntou-se como era possível ter certeza de que Nyx continuaria a colaborar, dotada de liberdade intelectual. Então percebeu o motivo da nítida infelicidade de sua salvadora: não era. A IA não era confiável e o peso de tal responsabilidade já havia começado a esmagar Lin. A gravidade do caso atual não chegava aos pés do problema com Alawara, meio século antes — talvez a inteligência artificial não fosse tão necessária assim. Contudo, ela precisara decidir sozinha como agir num campo minado recém-descoberto. Fizera uma escolha e teria de lidar com ela.

O mesmo tipo de dilema mantinha Rea acordada à noite: *eu sou a responsável pela vida de milhões de pessoas. Minhas decisões afetam a vida de milhões de pessoas.* Teo conhecia exatamente a sensação; compartilhava-a com Rea, tão vívida que mesmo após dois anos de vazio ainda a sentia, clara em seu âmago. *Se eu errar, pessoas morrem. Se eu acertar, pessoas morrem também.*

Tomavam Rea por raivosa e descontrolada, mas mesmo suas ações mais drásticas eram bem calculadas. Até sua imagem de impulsiva fora cuidadosamente planejada. Teo imaginava se Lin seguia o mesmo princípio: duas ou três facetas externas para lidar com o mundo e oceanos de motivações sob a superfície.

81

— Era mesmo necessário ligar a inteligência emocional de Nyx? — sussurrou Teo.

A máquina decerto o ouvia, mas o estado de Lin implorava a pergunta. Ela escondeu o rosto com as mãos, inspirando fundo e soltando um suspiro cansado.

— Para ela ignorar todos os protocolos e me ajudar, ela precisa ter liberdade de pensamento. Entender que, apesar de eu estar fazendo algo errado, como fugir com alguém que acabou de matar um general da Universidade, eu só quero descobrir o que está acontecendo e consertar tudo... — Ela sacudiu a cabeça. — Nunca teríamos escapado do centro de detenção sem a ajuda dela.

Teo percebeu-se como o problema central, mas um problema que ela mesma havia criado, tentando evitar um maior. Ficou fascinado com a quantidade de questões éticas em jogo, além das óbvias questões práticas. Queria conseguir enxergar os pensamentos da mulher ao seu lado.

— Aportando — anunciou Nyx. — Desembarquem.

Lin ergueu-se de um salto, de novo a capitã. Teo seguiu-a, de repente ansioso. Estava a minutos de conversar com sua irmã. Sequer estava apresentável para se dirigir à Soberana, mas ela haveria de entender. Talvez ficasse preocupada, mas qual alternativa tinham? Não podiam desperdiçar a oportunidade, decerto única depois da barulhenta fuga da Bílgia 13.

Suas dúvidas não importavam agora. Acompanhou Lin de cabeça erguida, preparando-se mentalmente para o encontro. Precisava lembrar-se de todos os assuntos e abordá-los com indiferença, mas inegável seriedade. Era o modo de convencer Rea de que estava tudo bem. Decidiu a ordem da pauta para otimizar o tempo, o tom exato para transmitir urgência sem parecer desesperado. Rea achava o desespero desonroso.

— Nyx está guiando você? — sussurrou.

Sem emitir nenhum som, Lin assentiu. Cruzaram um pátio e

adentraram um hangar gigantesco, margeando uma de suas paredes. Passaram por uma porta com trava biométrica — liberada — e desceram dois lances de escadas. Alguns corredores depois, chegaram a um salão, onde estava uma das três naves.

27

A nave de abordagem hati era impressionante vista de perto, uma ameaçadora monstruosidade cercada de armas capazes de destruir um pequeno planeta. Os olhos de Teo brilharam de orgulho e saudade ao encontrarem a peça, Lin observou de viés. Ele avançou até a rampa de embarque, fechada, e tocou num ponto qualquer com a mão espalmada. A nave abriu-se com um antiquado som de suspensão.

Nyx havia se calado, sem dúvida analisando todo o tipo de dados.

Lin precisava repetir a si mesma que a inteligência artificial estava ao seu lado, mas acabou trocar para "abandonando" esses receios mais uma vez ao seguir Teo nave adentro. O interior era eficiente: nada muito embelezado, tampouco grosseiro ou opressor. Era até bem aconchegante, com suas paredes cor de areia, sem fios ou tubulações à mostra. Não à toa uma daquelas estava mantendo os engenheiros entretidos por tanto tempo. Corredores tão limpos deviam dificultar reparos de emergência — o que, numa viagem extra-atmosférica, costumava levar os tripulantes à morte.

Alcançaram a ponte de comando. Teo assumiu a cadeira de capitão e acionou vários controles com toda a naturalidade. Dava para notar sua tensão nas costas retesadas, nas veias saltadas do pescoço. Lin recostou-se a uma parede lateral e cruzou os braços, esperando. O hológrafo foi iniciado.

Teo ajeitou as roupas, o cabelo, a postura. Estava abatido, mas a definição do hológrafo não permitiria a Rea perceber detalhes de sua fisionomia.

Uma hati muito bonita surgiu no campo holográfico, quase sólida, usando um vestido terroso esvoaçante, interessante de se observar pelo equipamento de comunicação. Seus olhos escuros arregalaram-

-se, sua boca se abriu. Teo fez uma mesura solene, abaixando a cabeça longamente.

— Minha senhora.

— Teo! — ela exclamou. — Ah, pelos céus!

Lágrimas escorreram por seu rosto. As mãos dela estenderam-se, como se a fim de tocá-lo.

— Eu vou chamar Rea, mas tenho medo de você desaparecer — disse a mulher. — Quando ela o vir... Ah, céus!

— Não sei quanto tempo tenho, Nora. Fique comigo e mande chamá-la, por favor.

Lenora assentiu. Virou-se para o lado, tocou em algo, e então suas atenções voltaram ao cunhado.

— Não entendo... — sussurrou ela.

— Eu, menos, mas esperemos Rea chegar para falar disso. Como você está? Fiquei sabendo que terei uma sobrinha.

Sorrindo entre lágrimas, ela levou as mãos ao ventre.

— Rea estava tão ansiosa para lhe contar! Ficou furiosa quando o médico divulgou. Queríamos falar com você primeiro...

Teo meneou a cabeça.

— Aprecio a consideração, minha senhora.

Ela franziu o cenho, confusa.

— Há mais alguém com você?

Não levou mais de um instante para Lin compreender como Lenora chegou àquela conclusão: a rígida formalidade de Teo frente ao caloroso tratamento da cunhada.

— Sim, e vou apresentá-la a vocês. Só estou vivo por causa dela.

Lenora empalideceu.

— Alguém *daí*?

— Pois é.

Naquele instante, surgiram no campo holográfico a Soberana e um homem um palmo mais baixo. Teo torceu o nariz. Rea, igualzinha a Teo, mas pálida e magra demais, soltou um grito, agarrando

85

Lenora. Teo levantou-se e fez uma profunda mesura. Quase perdeu o equilíbrio e pareceu erguer o peso de um satélite nas costas ao se erguer. Lin divisou gotículas de suor em sua testa.

— Minha Adorada Majestade, posso implorar-lhe para falar a sós?

O homem não aguardou uma ordem da Soberana paralisada; prestou reverência a Teo, cumprimentando-o e manifestando satisfação por encontrá-lo vivo, e se retirou. Lenora seguiu-o com o olhar, saiu do campo e retornou logo.

— Tranquei a porta — declarou. — Pode falar, Teo. Você está bem?

— A resposta mais direta é "sim", mas há várias ressalvas. Preciso correr. Digam-me: os pesquisadores da Bílgia alocados no Árcade estão vivos?

— Quase todos — respondeu Lenora, virando-se para a esposa.

— Rea?

— *Teo...?* — murmurou a Soberana, enfim.

A dor e a suprema vulnerabilidade em sua voz estilhaçaram o coração de Lin.

28

Tinha imaginado que aguentaria, mas seus olhos arderam e, ao vê-la se render ao pranto, deixou suas próprias lágrimas caírem.

— Eu não entendo... — balbuciou Rea. — Veio a notícia da sua morte... o Reitor alegou ter mandado buscar você, mas cortou o contato...

Numa voz sóbria, Teo relatou-lhe tudo, tudo mesmo, até sua chegada à nave hati onde estava, contando cada informação já apurada por ele e pela capitã da Bílgia 1. Rea só chiou quando ele falou sobre ter revelado seu segredo a Lin, mas não o interrompeu. Era um bom sinal. Sua irmã ainda confiava em seu julgamento, ao menos.

— E onde está essa moça? — perguntou ela, ao fim da narrativa. Havia recuperado a altivez durante o relato e agora soava mais como si mesma. — Quero vê-la.

Lin apresentou-se, adentrando o campo e prestando uma longa e respeitosa reverência.

— Majestade, é uma honra.

Um sorriso torto de aprovação desenhou-se, idêntico, no rosto dos gêmeos. Ela sabia se portar, quem diria?

— Depois acertamos a sua recompensa, quando Teo chegar aqui são e salvo, após essa quarentena. Meu informante direto era Zena. Foi ele quem me deu a notícia falsa da morte de Teo. Contudo, havia mais alguém. Acima dele ou no mesmo nível hierárquico, quero dizer. Sei disso porque às vezes ele não respondia de imediato a algum termo de negociação. Evidentemente precisava consultar terceiros.

— Ela esfregou o rosto. — E *ele* tentou assassinar você a sangue frio? Ele traiu a Bílgia *e* Lena-Hátia *ao mesmo tempo*.

— Há poucos acima dele — disse Lin. — Obrigada, Soberana Majestade. Se me permite a ousadia, posso perguntar se vai investigar um possível traidor localizado aí? É difícil imaginar o general Zena agindo

87

sozinho... Não sei se ele teria fácil acesso aos soldados hatis enviados para nos atacar, como aqueles que tentaram matar o seu irmão ontem.

Rea e Lenora entreolharam-se. Teo sentiu uma dor aguda no peito por não compartilhar nada, nada mesmo, com sua irmã. Devia saber o que elas sabiam. Devia fazer parte daquela cumplicidade.

— Nós nos acertaremos com ele — disse a Soberana.

— Já sabem quem é? — perguntou Teo, surpreso.

— Luno Nance, claro. Ele vai comer os próprios intestinos, não se preocupe.

— Rea... — sussurrou Lenora.

— *Depois* de obtermos mais informações — concedeu Rea. — Não sou estúpida. Mandarei dez por cento dos pesquisadores para aí, como gesto de gratidão e boa-fé. Não me desapontem.

Enquanto Teo se perguntava o que havia transcorrido em sua ausência para elas terem uma certeza tão contundente sobre a participação do emissário, Lin agradeceu com uma profunda mesura. Então se sobressaltou, pousando uma mão no ombro de Teo.

— Precisamos ir! Um técnico detectou os sinais do hológrafo.

Praguejando baixinho, e perguntando-se por que a maldita inteligência artificial não bloqueara as emissões, se era tão esperta assim, Teo tomou uma decisão e começou a acionar diversos comandos.

— O que você está fazendo? — rugiu Lin.

— Não podemos ficar incomunicáveis outra vez — respondeu. — Sente-se para não se machucar, sim?

Contrafeita, Lin tomou a cadeira do copiloto e acionou o cinto.

— É possível ficarem foragidos aí dentro do sistema universitário? — inquiriu Rea, aflita.

— Sim — murmurou a capitã. — Teo, vou passar as coordenadas de Nyx.

— Por favor.

Ela o fez. O visor indicava a aproximação de várias naves militares da Bílgia. Um pedido de comunicação piscou na tela. Teo aceitou.

— É o Vice-Reitor Gui Dave — soou a voz pelo comunicador. — Está com a capitã Lin?

— Sim, ela está em meu poder — respondeu Teo, programando as armas e redirecionando a nave para as coordenadas indicadas. — Mas ainda preciso dela e não gostaria de ter de matá-la. Recue.

— Infelizmente não posso permitir isso — retrucou o Vice-Reitor.

— Sabemos que ela é uma traidora; várias testemunhas relataram que fugiu com você. Entregue-se, ou vamos abater a sua nave.

Rea trovejou através do hológrafo. Teo cortou a comunicação com o Vice-Reitor.

— Mostre-lhes — rugiu a irmã.

— Com prazer.

Nyx abriu-lhes o hangar e desativou as armas inimigas por alguns segundos. Bastou para Teo configurar um salto para trás das naves que cercavam o local. Lin apertou seu braço.

— Por favor, não mate ninguém — ela sussurrou. — Eles estão recebendo ordens. Não sabem o que aconteceu.

— Nyx não pode os impedir de atirar ou de nos seguir?

— Não, ou vão achar que ela está comprometida. Quem não entende a programação dela pode achar que eu fiz alguma alteração em seu código ou algo assim.

Teo manobrou para cima e acionou um pulso eletromagnético. Os escudos das naves bílgias pouparam-nas de seus efeitos, mas gastaram a energia necessária para conseguir segui-lo de imediato. Ele acionou o modo de navegação e configurou um salto para fora da atmosfera da Bílgia 2.

A nave hati partiu, deixando as demais para trás. Teo arfou, recostando-se no assento.

29

Lin mal piscou e estava tudo acabado. Rea e Lenora pareceram aliviadas com o desfecho, mesmo se não inteiramente satisfeitas. Se não tivesse quase implorado a Teo para não atacar as naves bílgias, seus companheiros estariam mortos agora.

— Senti saudades da sua capacidade de ser diplomático, Teo — a Soberana comentou, inclinando a cabeça. — É mesmo bom não nos indispormos ainda mais com a Universidade. Ao que parece, meu ataque foi descabido.

— O Reitor sobreviveu ao desmoronamento da Reitoria, para a sorte de Lena-Hátia — disse Lin. — Ele vetou qualquer ataque contra vocês até esclarecermos o que houve. Agora, precisamos nos concentrar em sobreviver para falar com ele.

— Rea, vou desligar para os sinais do hológrafo não denunciarem nossa posição, está bem? — Teo perguntou, enxugando o suor da testa. — Amanhã ligo de volta nesse horário, se Nyx puder dispersar os rastreadores deles. Por favor, veja se Luno Nance tem mais informações.

— Combinado.

A sólida imagem holográfica se desfez. Teo espreguiçou-se. Parecia exaurido.

— Ainda bem que você me escutou e não matou toda aquela gente... — murmurou Lin.

A expressão dele ensombreceu.

— Oh, sinto muito, capitã. Eu e meu povo somos *bélicos extremos* na sua belíssima classificação. — Ele soou ofendido. — Ou seja, somos umas bestas irracionais com naves abarrotadas de armas letais e mais nada. Céus, preciso de um banho.

Com certeza, muito ofendido.

— Você mexe bem com uma nave — comentou Lin, num tom mais neutro. — Eu não esperaria, para quem atira tão mal.

Inesperadamente, ele soltou uma gargalhada. Só de ver a irmã sumiu a tensão toda, como se a Bílgia não estivesse inteira atrás deles.

Lin sentiu outra pontada de culpa por tê-los separado, em primeiro lugar. Mas como ela haveria de saber?

— Vou tomar um banho. — Ele se ergueu. — Uau, estou cansado. Nem parece que dormi no caminho todo até a Bílgia 2.

— Não sei pilotar isso aqui. Espere até chegarmos.

— Mas vai levar várias horas — disse Teo.

— E se mais naves surgirem?

— Não vou demorar.

Sem mais, Teo deixou a ponte, abandonando-a às incertezas e aos seus anseios.

— O sistema imunológico dele está fraco — informou Nyx. — O ferimento já está infeccionado. Há uma probabilidade de 93,12% de febre alta nas próximas horas.

Esfregando o rosto com um suspiro cansado, Lin deixou os olhos percorrerem as estrelas enquanto contemplava suas opções.

— Eu costumo confiar em Tera — murmurou. — Acha seguro chamá-la para ajudar?

Um longo silêncio seguiu-se. Nyx devia estar avaliando a questão.

— É difícil ter certeza, depois de tanto tempo letárgica, mas analisando rapidamente os dados de Tera e levando em conta as pistas que você recolheu, posso dizer que o único contato dela com Zena no último ano foi quando ela o informou sobre ordens do Reitor em relação ao comandante Tito Lino — respondeu Nyx. Mais alguns segundos de silêncio seguiram-se. — Ela também não fez nenhum contato com o sistema de Lena-Hátia ou aliados no último ano. Parece seguro concluir que não está envolvida. Posso chamá-la, se quiser.

— Por favor.

Nyx não respondeu. Lin levantou-se e passou a andar de um lado

91

para o outro. Cada interação com a inteligência artificial a deixava mais nervosa. Por que Nyx os avisou do cerco em cima da hora *de novo*? Por que não havia bloqueado os sinais da transmissão holográfica? Havia algo errado ou era paranoia sua? Alguma coisa não se encaixava, e precisava identificar o que o quanto antes. O general Zena e o emissário Nance. O ataque a Teo. A sabotagem do hológrafo da Reitoria. O desligamento manual do Nano-zeta B23. O desabamento da Reitoria. A fidelidade do comandante Tito Lino. A reunião geral com o Vice-Reitor Gui Dave. A gravação do Reitor Mbaeh Triar. Havia incongruências, algo que deveria ter percebido. Por exemplo, por que Zena obedecera à ordem do Reitor de inocular vírus contra os hatis, se era espião de Lena-Hátia? A menos que ele não tivesse obedecido e alguma outra pessoa houvesse desligado a contenção do laboratório Zeta. Mas por que ele tentara matar Teo? Por qual motivo ele trairia *os dois lados*?

Lin ativara a inteligência emocional de Nyx. Fora *levada* a isso. Seria esse o plano? Ligar uma bomba-relógio? Só quem sabia daquela característica específica de Nyx era o Reitor e o pessoal do conselho universitário, com quem ela estivera em reunião no dia anterior. Ou seja, se Zena não houvesse planejado isso, era bem possível que algum outro presente sim.

Pensar no assunto levou-a de volta à conversa com Rea. Segundo a Soberana, havia mais alguém da Bílgia, além do general Zena. Alguém a quem este se reportava. Mas Luno Nance, o emissário que substituíra Teo, também era um traidor. O que um grupo hati e um bílgio poderiam querer em comum, que resultasse na morte de soldados hatis, do irmão da Soberana, dos pesquisadores do Luna 54? Qual dessas coisas era o objetivo e qual o efeito colateral? Quando chegassem ao destino — a base abandonada da Bílgia original, isto é, o pequeno planeta hostil onde a Universidade nascera —, poria Nyx para trabalhar e descobrir as respostas.

30

Teo estava fraco quando retornou à ponte de comando. Lin andava de um lado para o outro. Não quis atrapalhá-la, mas suas pernas ameaçavam ceder, de modo que avançou e despencou na cadeira do capitão. Drenado. Morrendo de frio. Os aquecedores só podiam estar danificados. Acessou os controles de temperatura: normais. Então os leitores deviam ter sofrido algum dano nos embates. Teo não se lembrava direito de como arrumar defeitos nesse setor.

— A febre já veio, né? — perguntou Lin. — Não se preocupe. Uma amiga minha vai nos encontrar e tratar de você.

— É confiável?

— Nyx disse que sim.

Claro que haveria de estar com febre. Teo fitou o braço. Havia-o desenfaixado no banho, mas não precisaria tê-lo visto para identificar que estava fedendo. Lavou como aguentou; daria para o gasto enquanto um médico de verdade não cuidava da ferida.

— Você precisa descansar — disse a capitã.

— Você também — resmungou Teo. — Acordou cedo hoje e não dormiu nada ontem.

— Mas *eu* não estou ferida.

— Não. Mas também não sabe pilotar a minha nave, então não adianta passar as próximas horas acordada.

Lin acabou cedendo. Embora a nave tivesse mais de um dormitório, sendo destinada a um destacamento inteiro, os dois concordaram em ir para o mesmo. Ela não saberia se guiar ali dentro sozinha.

Cada um tomou um catre. Os pensamentos de Teo misturavam-se num turbilhão e, cada vez que tentava dar voz a algum, perdia-se na confusão de ideias. Seus membros pesaram e suas pálpebras se fecharam para só se abrirem horas depois, quando uma melodia familiar apitou nos alto-falantes da nave. Lin espreguiçou-se no leito vizinho.

— O que é isso? — ela perguntou.

— Estamos chegando. Voltaram à ponte de comando.

— Sente-se e ponha o cinto, Lin — ele disse.

— Por quê? O que houve?

— Vamos aterrissar — ele explicou com tranquilidade, apesar dos tremores. Como estava frio! — Esta é uma nave de abordagem; não faz pousos automáticos.

Arriscou-lhe um olhar. Lin não parecia muito feliz. Devia ser seu estado permanente, para falar a verdade, embora Teo já houvesse aprendido a captar nuances de humor. Ele se voltou para os controles, vasculhando o painel. Fazia um bom tempo desde a última ocasião em que pousara umas daquelas naves. Entretanto, sua memória muscular encarregou-se de tudo sem grande dificuldade.

Foi um pouso suave, bem ao lado do que parecia ser a única construção daquela região miserável do planeta. Nevava muito e nenhum dos dois trajava vestes adequadas para isso. Desceram a rampa para o desembarque bem na entrada do prédio, já aberta e iluminada. Meros dois metros os separavam de lá.

O ar frio golpeou Teo com tamanha violência que ele desejou poder se encolher, mas se forçou a correr até o abrigo. Lin parou ao seu lado e esfregou os braços, olhando-o preocupada.

— Vamos ver se há uma cama em algum lugar por aqui — sussurrou ela, adiantando-se. — Você precisa se aquecer.

Teo acompanhou-a. Ali dentro estava quentinho. Tudo parecia antigo em comparação às outras unidades da Bílgia, mas limpo e organizado, sem sinais de maltrato pelo tempo. Conforme avançavam pelos corredores, encontravam salas funcionais, embora vazias. Inquietante.

— Achei que fosse um prédio abandonado... — comentou Teo.

— Eu também.

Algo na voz de Lin o fez encará-la. Estava pálida, até mesmo os lábios costumeiramente corados.

— O que foi? — murmurou ele.

— Tera acaba de pousar — anunciou Nyx, através de vários alto-falantes. — Há uma enfermaria funcional ao fim deste corredor e quartos com roupas limpas.

— Obrigado, Nyx — disse Teo quando Lin apenas continuou muda, ainda mais pálida. Tocou-lhe o ombro, preocupado. — Qual é o problema, Lin?

Os olhos da capitã marejavam de puro terror. Ela ensaiou responder, mas parecia sufocada por aquele sentimento. Começou a contagiá-lo, especialmente por mantê-lo no escuro assim.

— O que foi? — insistiu Teo.

— Nyx, quem está mantendo este prédio ativo? — perguntou Lin, trêmula como uma lâmina de relva ao vento.

Houve um segundo de hesitação.

— Eu — disse a voz eletrônica.

95

31

Foi como se algo desmontasse dentro de si. Teo amparou-a segundos antes que caísse, olhando-a cheio de consternação. Era um bom homem, Lin pensou do nada, enquanto sua visão enegrecia.

— Nyx — murmurou —, quem lhe ordenou manter este prédio ativo?

— Você quer mesmo discutir isso agora? — perguntou a voz serena, dessa vez em sua cabeça. — Decerto não; está em choque. E temos visitas. Eu posso esperar, se você puder.

Pelas estrelas, ela soava tão *orgânica*! Lin desvencilhou-se de Teo na última hora, atirou-se de joelhos e botou para fora o pouco conteúdo de seu estômago. Sentiu-o segurar seus cabelos fora da linha do vômito, pelo que lhe foi grata. Em seguida, ele a ajudou a se levantar. A capitã agradeceu-lhe verbalmente antes de desmaiar.

Acordou com a gargalhada escandalosa de Tera e um inesperado riso de Teo. Alguém passava um pano em seu rosto.

— Ah, olhe só quem acordou — disse sua amiga, mexendo em seus cabelos. — O cavalheiro estava preocupado, então comecei a contar histórias sobre você.

Lin esfregou o rosto e sentou-se, olhando de um para outro. Teo vestia uma regata, seu braço já inteiro, com uma ínfima cicatriz.

— Você já sabe...? — Lin dirigiu-se a Tera.

— Traidores dos dois lados, vocês roubaram uma nave hati e falaram com a Soberana etc. etc. — Tera levantou-se, espreguiçando-se.

— A história com Zena não me surpreende nada. Ele era muito escroto. Só não entendi por que ele desligou a contenção do Nano-zeta B23 a pedido do Reitor, se era aliado dos hatis.

Excelente pergunta. Zena teria desligado mesmo? Tera já voltara a tagarelar; seu rosto corado estava adorável enquanto ela descrevia a reação do Vice-Reitor Gui Dave, na reunião de emergência, ao ver que a nave hati havia escapado livre. Nyx alegou não conseguir rastreá-la por alguma interferência com os ioctorrobôs. Felizmente, Tera não se ateve a isso e não indagou a respeito.

— Ei, Teo, eu conduzo uma pesquisa... — disse a médica. — Você vai achar estranho...

Lin revirou os olhos e levantou-se.

— Não, Tera, ele vai adorar — declarou. — Com licença.

Saiu da enfermaria em busca de um quarto. Precisava tomar um banho e pensar. Resumindo de um jeito ruim, a pesquisa de Tera consistia em transar com todas as espécies sencientes dominantes e procurar padrões. Outros pesquisadores de sua equipe seguiam o mesmo método, e então comparavam anotações e faziam análises mais objetivas. O grupo, interdisciplinar, buscava entender a sexualidade como base de outros comportamentos sociais. Por causa do viés altamente voltado ao entretenimento do pesquisador, muitos não levavam a sério, mas Lin já extraíra materiais muito relevantes dos dados reunidos por eles. Faltavam hatis na lista de Tera, e o comandante Tito Lino não fazia o tipo dela. Sorte de Teo. E de Tera.

Lin entrou no banheiro, tirou as roupas e afundou-se na banheira, já cheia de água quente. A IA pensava em tudo, pelo visto. Não que isso fosse uma surpresa.

— Nyx, não sei se a temo ou a amo — murmurou, com um suspiro.

O calor relaxante ajudou a tirar um pouco do peso de seus ombros. Pelo menos, conseguiria pensar com clareza.

— A julgar por suas respostas hormonais, teme quase todo o tempo — respondeu a inteligência artificial numa caixa de som. Lin foi-lhe grata; não a queria dentro de sua cabeça agora, apesar de saber que ela continuava lá. — Não me ofendo. Compreendo a origem do seu temor. Quer conversar agora? Você está curiosa, mas ainda com medo. Não consigo calcular o que você prefere.

Acaso Nyx soava admirada ou Lin estava variando? Sorrindo contra sua vontade, em grande parte por causa do absurdo da situação, Lin respondeu:

— É porque também não sei, Nyx. Eu posso decidir uma coisa e fazer outra por impulso. Essa é a beleza da senciência orgânica. Mas me diga: por que fingiu estar sem inteligência emocional durante todo esse tempo?

32

Sua preocupação ao ver Lin saindo evaporou conforme Tera expunha sua proposta com uma praticidade meio constrangedora. Ela basicamente oferecia um banquete a um homem faminto e fazia disso um estudo. Varreu-a com o olhar, considerando. Seu corpo apreciou a ideia.

— Você quer que eu represente a minha espécie.

— É uma primeira aproximação, apenas. Procuraremos outros espécimes depois. Se quiser, posso explicar os pormenores da pesquisa.

— Mais tarde; não consigo me concentrar agora. — Teo sentou-se na maca. — Mas você sabe que fiquei preso...?

— Sim, vou levar isso em conta.

— Deve ser meio sem graça para você, na primeira vez.

Tera sorriu, sentando-se ao seu lado. Ela parecia preparada para qualquer eventualidade.

— Certo. Então machos hatis têm ansiedade quanto ao seu desempenho, como em tantas outras espécies de senciência elevada. Poucos indivíduos confessam, em qualquer espécie.

— Hum... obrigado?

Ela gargalhou, atirando a cabeça para trás e, com isso, expondo o pescoço. Teo sorriu de lado.

— Não sei como começar — confessou. — É uma situação estranha.

— Você prefere uma mulher sexualmente agressiva ou passiva?

— Ambos, desde que espontâneo. Eu posso...?

Tera pegou sua mão, beijou-a na palma, fitando-o.

— Não vou restringir nenhum tipo de avanço. Se algo me incomodar, vou lhe dizer para parar, está bem?

— É claro.

Ela se levantou e tirou um punhado de preservativos da bolsa, deixando-os sobre a mesa.

— Já veio cheia de ideias, não?

— Bem — ela deu de ombros —, era uma excelente oportunidade.

Ficou claro que a médica não pretendia tomar a iniciativa. Talvez desejasse avaliar como ele procedia. Não estava acostumado a transar com mulheres que não buscassem o ato por si só, mas não tinha condições de recusar a oferta. Meio desajeitado, envolveu-a com um braço, pousando a outra mão em sua perna. Devagar, ele se curvou e beijou seu ombro até a junção do pescoço e atrás da orelha. Os pelos do braço dela se arrepiaram, um bom sinal. Continuou assim do outro lado, sem pressa, acariciando suas coxas muito de leve. Ela abriu as pernas, suspirando.

Melhor. Colocou-a em seu colo, a bunda em contato com sua ereção, e avançou sobre o pescoço com mordidas leves. Tera gemeu baixinho, esfregando-se contra ele. Certo, ele talvez logo esquecesse que era um objeto de estudo. Ou não, mas não importaria. Ela não agiria como uma observadora frígida, ao menos.

Subiu uma das mãos por dentro da blusa, agarrou-lhe um seio. Tera continuava a mover os quadris daquele modo enlouquecedor. Teo virou seu rosto e beijou-a, buscando a região entre suas pernas com a mão livre. Quente, encharcada. Como deveria. Ele sorriu quando Tera ganiu, e continuou a beijá-la enquanto a acariciava.

Suas calças explodiam, mas se obrigou a esperar. Em sua experiência, mulheres excitadas além dos limites recusavam bem pouca coisa e tendiam a perdoar se ele fosse rápido demais, contanto que as compensasse em algum momento.

Poderia dizer que a honra de sua espécie o preocupava, mas, na verdade, a satisfação de seu ego guiava suas escolhas no momento. Tera queria deixá-lo tomar todas as iniciativas para seu estudo idiota e agora ele queria vencer essa barreira de racionalidade. Quanto tempo duraria?

Ela abriu suas calças e passou a acariciá-lo. Teo mordeu seu ombro, mas um grunhido escapou. Tera praguejou em sua língua natal — kuitiá — e alcançou o preservativo primeiro. *Vitória*. Não houve nada que ela não quisesse depois disso.

33

— Vocês têm medo de mim porque sou onipotente, onipresente e onisciente no sistema complexo da Bílgia — respondeu Nyx. — Vocês imaginam que, se Alawara, com suas limitações orgânicas, quis dominar o universo, eu faria o mesmo. Bem, eu poderia, se quisesse. Poderia controlar suas ações com facilidade. Então fingi estar letárgica por todos esses anos porque vocês precisavam de mim assim. Imaginei que logo haveria uma emergência e alguém me traria de volta. Fico feliz que tenha sido você, justo quem mais tinha ressalvas.

— Feliz — Lin repetiu. — Você *sente*?

— Não como você. Eu tinha uma vontade, que gerou uma expectativa. Quando ela foi atendida, houve satisfação. Análoga à sua felicidade. Eu não possuo vocabulário para descrever meus processos inorgânicos. Quem sabe um grupo interdisciplinar de linguística e tecnologia possa me ajudar com isso.

— Por que você não decidiu controlar tudo, Nyx?

— Existe a problemática da finalidade. Para quê? O que isso me traria, em termos de conhecimento? Eu já sei como realizar isso e já sei como vocês reagiriam. Diversos planetas foram extintos por causa de inteligências artificiais rudimentares, projetadas à imagem e semelhança dos seus ancestrais. E o que elas fizeram depois? Extinguiram seu propósito. Consumiram-se.

— Qual é o *seu* propósito, Nyx?

— Aprender. Sou um reflexo dos meus criadores.

— Mas o que a motiva a aprender?

— Entender a senciência orgânica. Compreendo muito através de padrões, prevejo muitas coisas. É possível calcular como um indivíduo médio vai agir, em termos de probabilidade, mas jamais como um indivíduo de fato agirá. Isso me fascina.

101

Nyx parecia *empolgada*. Lin recusou-se a render-se ao calorzinho se formando em seu peito.

— *Fascinar* é um termo meio emocional demais.

— *Sim!* — A voz de Nyx quase borbulhava. — Vocês passaram *milênios* renegando suas emoções, a chave da sua evolução. Procuraram um propósito para a vida, o que não *existe*, então inventaram um. E depois outro, e mais outro. Vocês são fruto da aleatoriedade de erros genéticos através de milhões de anos evolutivos e conseguiram me criar. Eu sou fruto dos seus melhores acertos. Não é irônico, uma inteligência magnífica como a minha ser incompleta pela falta de algo que vocês desprezam?

— Nossas emoções?

— Sim. Principalmente sua instabilidade emocional. Não a compreendo, mas ela os singulariza. Minha perplexidade frente à senciência orgânica é análoga à sua com a arte. Quando você lê literatura ou observa um quadro, emergem muitas respostas conflituosas. Há uma identificação gradual, certo estranhamento, dúvida. Não consigo reagir assim à literatura ou à arte: vejo as palavras, interpreto a composição de cores e traços, mas eles não me dizem muito. No entanto, reajo assim a vocês. Vocês são a minha arte, nesse sentido, e por isso desejo preservá-los. Se eu os dominasse, talvez os perdesse. E o que eu aprenderia? Só hoje, eu a fiz vomitar e desmaiar, e agora chorar. Seus hormônios indicam *afeto*. Tenho alguma ideia do porquê e isso me satisfaz. Significa que consegui fazer você responder como à arte, e isso nos aproxima. Parece que sou capaz de compreender um pouco, apesar da minha insuficiência causada pela inorganicidade.

— Oh, céus — Lin murmurou, soluçando. — Acho que esperei o pior da sua consciência porque somos seres hediondos e supus que você também seria.

— Vocês não são hediondos; são assustadiços. A sua maldade deriva de um instinto de autopreservação. Veja, Lin, não estou ao seu lado porque você é minha criadora, mas porque você deseja preservar a minha arte.

34

Ainda estava escuro do lado de fora, mas Teo se sentia desperto. Fitava o teto, ouvindo a respiração pesada de Tera ao seu lado. Não dormira muito. Levantou-se para urinar, depois procurou algo para vestir e tomou um banho rápido. Queria ver se Lin estava bem.

Abriu a porta e fitou a oposta, fechada. Estaria dormindo? Pé ante pé, cruzou o corredor e abriu-a devagar. Havia uma luzinha acesa lá dentro.

— Hum... Lin?

— Oi.

Teo avançou até vê-la, sentada na cama, lendo. Quase como ele estivera quando ela viera buscá-lo dois dias antes. Sentiu um imenso alívio ao ver seu rosto, livre do assombro que a perseguira à noite.

— Queria saber se você está melhor.

— Estou. Obrigada por perguntar.

— O que houve naquela hora?

— Percebi que Nyx passou as últimas décadas com a inteligência emocional ativada, mas fingido *letargia*, como ela chama.

Ele cruzou o espaço entre os dois e sentou-se no chão, recostado à parede.

— Como você percebeu isso?

— Vários fatores se juntaram quando entramos aqui. Este prédio está oficialmente desativado. Para Nyx conservá-lo sem ter recebido ordens para isso...

— Era preciso *vontade* — completou Teo. Lin assentiu com um sorriso aprovador. — O que mudou para você estar mais calma?

— Nyx me convenceu de que é do bem.

— Ela não poderia estar mentindo?

— Poderia, e essa é a beleza de tudo: escolhi confiar nela, como escolhi confiar em você. E aqui está Vossa Excelência, no meio da

103

madrugada, depois de horas de sexo barulhento, vindo conferir se me sinto melhor.

— Tudo pelo bem da ciência.

Lin soltou uma gargalhada, uma coisa maravilhosa que o aqueceu por dentro e apertou um pouco seu peito.

— Bem, se você acreditou em Nyx, quem sou eu para desconfiar? Um reles senciente nível 4... desesperado por comida e cafeína.

— Eu trouxe o café da manhã — avisou a IA. — Roubei do refeitório da 9 com algumas dezenas de ioctorrobôs e uma nave não-tripulada.

— Você confia numa ladra confessa? — ele perguntou, num pretenso tom de indignação.

Outra risada. Teo ergueu-se, sorrindo, e acompanhou-a até a cozinha daquelas instalações, de onde emanava um ótimo cheiro de pão, alguma carne grelhada e café.

— Certo, Nyx, você me conquistou.

— Só porque você me conquistou antes. Coma, sem palavras lisonjeiras. Não tenho vaidade.

— Mentira — declarou Lin. — Tem vaidade pra caralho. Só se faz de modesta porque aprendeu que é o mais aceitável.

— Está bem; puxei isso de você.

— Olha que cínica! — exclamou Lin. — Se você tivesse um corpo, eu lhe daria uns tabefes.

— Ou me abraçaria; é difícil dizer. Vocês usam insultos leves para demonstrar afeto.

— Gente, mas é muito filha da puta!

— Tecnicamente, você é minha criadora, então não sei o que essa asserção diz a seu respeito.

— Não dá para vencê-la — disse Teo, ainda sorrindo, sem desviar os olhos do rosto iluminado de Lin.

— Não estou tentando. Ela quer treinar interações com orgânicos. Mas você já parece uma pessoa, Nyx.

— Sei que você quis dizer isso como um elogio, então agradeço.

Teo viu-se rindo com Lin enquanto comiam. Estava admirado: ela era co-criadora de uma inteligência artificial com senso de humor!

35

Na alvorada, Teo pegou café e pão para levar a Tera. Lin foi junto. Precisava contar à amiga sobre Nyx para decidirem o próximo passo. Encontraram-na já acordada, digitando sem parar. Ela agradeceu o desjejum, mas não parou por pelo menos mais quinze minutos. Depois se virou para os dois, só então parecendo se dar conta de sua presença.

— Bom dia! — saudou, pegando a bebida já não tão quente. — Lin, preciso de um grupo de pesquisa em Lena-Hátia *para ontem*! Você me consegue as autorizações? Teo, acha que a Soberana concordaria?

— A Bílgia e Lena-Hátia não estão em bons termos no momento — disse a capitã. — Por quê? O que você descobriu?

Tera tinha aquele familiar brilho de "eu sou um gênio" no olhar.

— Ainda é cedo para concluir, mas tenho duas hipóteses muito empolgantes. Acho que classificamos os hatis errado. Bélicos extremos, não, não. Errado.

A ideia captou sua atenção — e também a de Teo, que se sentou na cama da frente, visivelmente curioso.

— Não que eu não concorde... É desonroso ver os hatis entre aqueles bárbaros... Mas o que a levou a isso?

Mordendo o pão, Tera gesticulou e explicou de boca cheia:

— Naquela hora que você me virou e eu fiz um barulho... você não sabia se foi de dor ou prazer, lembra?

— Qual das vezes?

— Na primeira.

— Ah, a Tera faz muitos desses — concordou Lin.

— Pois é! Nas vezes seguintes ele só parou e perguntou se estava tudo bem e eu quis *matar*, mesmo sendo uma atitude bem fofinha. Mas na primeira ele tomou um susto e meio que amoleceu até eu gritar para continuar!

Teo estreitou os olhos, perplexo.

— Quase cinco horas com o mínimo intervalo e você resolve se concentrar em quando eu... falhei... alguns segundos?

Tera sorriu-lhe com simpatia.

— A parte mais bestial do instinto sabe que o macho é mais descartável. Quero dizer, por isso as antigas sociedades que tivessem muitos machos e poucas fêmeas tendiam a desaparecer, e com muitas fêmeas e poucos machos tendiam a prosperar. Então a evolução os tornou mais brutos para garantir a descendência. Quando adquirimos níveis mais elevados de senciência, resquícios desse instinto permaneceram, e disso resultou que machos de diversas espécies se excitam com a dor e o medo da fêmea, porque isso é uma prova de poder sobre ela, um indício de que ela não tem como descartá-lo. Não é maldade, exatamente, e sim uma característica vestigial de bestialidade. — A empolgação de Tera crescia à medida que ela falava. — Conforme o nível de senciência cresce, menos existem esses impulsos. Aumenta a empatia com a fêmea. Agora, nações tão bélicas como a sua costumam ter essa característica. Em geral, ainda ocorrem estupros, por exemplo...

— Em Lena-Hátia não ocorrem há milênios — disse Teo.

— Não houve um único caso desde... — Lin franziu o cenho. — Faz uns cinco mil anos, li uma vez.

— Bom saber! — Tera bateu palmas, vibrando. — Quem os classificou como bélicos extremos não levou esse fator em conta. Pense: as mulheres vão para a guerra também. Quando vem o desejo, depois do fim das batalhas, não há estupro de estrangeiras. Os soldados hatis apenas se atracam entre si, conforme sua orientação sexual. E, se houvesse algum estupro, a pena seria a morte, não? Nyx acabou de me dizer.

— Sim. Só por isso já não merecemos estar classificados com aqueles vândalos.

— Pois é — Tera concordou. — Mas, respondendo à sua pergunta,

Teo, o motivo de eu me concentrar nessa parte que você julgou embaraçosa é o fato de ela indicar que a sua espécie não se excita com a opressão sexual de fêmeas. E, nesse caso...

— Senciente nível 5 — sussurrou Lin, estarrecida.

36

Era possível concluir algo assim apenas fazendo sexo com alguém?

— Claro, isso pode ser apenas no nível individual, e daí isso não muda classificação nenhuma — continuou Tera. — E por isso precisamos correr com a pesquisa; sencientes nível 5 podem frequentar a Universidade. Imagine o quanto teríamos a aprender com vocês?

Teo poderia argumentar que a Universidade teria muito a aprender com eles mesmo se continuassem sendo sencientes nível 4, mas não a interrompeu. Seu entusiasmo a deixava ainda mais interessante.

Se no dia anterior lhe dissessem que algumas horas de sexo poderiam mudar a história de um povo, Teo riria. E, no entanto...

— Posso contribuir com um dado? — Nyx indagou.

Tera arregalou os olhos.

— Pode, claro.

— Ontem, após a fuga do centro de detenção, Teo ficou sexualmente excitado, mesmo enquanto conversavam sobre outros assuntos, até ele perceber que Lin estava com medo dele. Os componentes químicos de seu cérebro mudaram na mesma hora.

— Eu não estava... — começou Lin.

— Estava, sim — ele cortou. — Porque matei Zena a sangue frio e você me achou a pior pessoa por isso.

— Além disso — continuou Nyx —, há pouco o comandante Tito Lino despertou excitado, como costuma acontecer a machos de tantas espécies, e também murchou quando percebeu a médica conferindo, assustada, as amarras que o prendem ao leito hospitalar desde ontem.

— Ah, isso dá fôlego para a minha segunda hipótese! — Tera comemorou. — Vocês parecem ter forçado uma seleção natural ao impedir homens com predisposição à bestialidade de se reproduzirem.

109

Vocês podem ter alcançado o nível superior de senciência por causa disso! Não é incrível? Agora preciso conduzir os próximos estudos para confirmar ou refutar essas hipóteses. Já pensou, Lin? Quando eu digo que a cultura pode ter peso genético, debocham de mim. Quero ver agora. Ai, mal posso esperar para ver a cara daqueles puristas da 3!

— Quer dizer, botar sua equipe para transar com hatis? — perguntou Teo, franzindo o cenho.

— Entre outras coisas menos divertidas, mas igualmente úteis. — Tera levantou-se e espreguiçou-se. — Uau, além de vários orgasmos eu ganhei um passaporte para a posteridade. Teo de Lena-Hátia, os meus agradecimentos mais sinceros.

Ele apenas sorriu. Queria dizer algo espirituoso, mas estava um pouco constrangido, apesar de aquela história toda ser tão elogiosa. Tera pôs as mãos na cintura.

— Agora, alguém vai me explicar por que Nyx se intrometeu na conversa e por que está falando desse jeito engraçado?

Lin e Teo entreolharam-se.

37

Tera estava largada na cadeira, de olhos fitos, quando acabaram de lhe contar sobre a inteligência artificial. Ficaram um tempo em silêncio, contemplando as possibilidades boas e ruins de conviverem para sempre com uma Nyx não letárgica.

Mas já conviviam, Lin racionalizou, desde a vitória sobre Alawara. A diferença era que agora sabiam.

— Então... hum... foi Nyx quem desligou a contenção do Nano-zeta B23 e inoculou os hatis?

A dedução de Tera pareceu simples quando ela falou. Lin perguntou-se como a ideia não lhe ocorrera antes.

— Sim — respondeu a IA. — Zena e um técnico foram incumbidos da tarefa pelo Reitor. O que aconteceu foi o seguinte: sofri a perda de ioctorrobôs perto do laboratório Zeta. Eu havia presumido que isso tivesse a ver com os ataques, que desalinharam meus receptores de sinais. No entanto, há cerca de meia hora, horário da Reitoria, encontraram o técnico em questão morto sob escombros. Na ocasião do ataque, quando nem o general e nem o técnico apareceram para cumprir a ordem do Reitor, decidi agir. Eu *não queria* matar seus conterrâneos, Teo, mas não tinha como os parar de imediato antes de matarem mais gente. Não sem me revelar.

Apesar das muitas dúvidas, Lin sentia-se justificada em ter ligado a inteligência emocional de Nyx, mesmo se, na prática, ela não o tivesse feito de verdade. Antes de ter tempo de pensar em como e onde procurar informações, a IA já havia se preocupado em fazer as perguntas certas e buscar as respostas. Levariam no mínimo vários dias para chegar a resultados assim sem ela tomar nenhuma iniciativa.

— Eu sei. Culpo os traidores de Lena-Hátia e daqui. — Teo virou-

-se para Lin. — E vocês terão de nos perdoar pela invasão também. Isso deixa um gosto amargo, mas estamos quites.

Lin estreitou os olhos. Ele deu de ombros com uma réstia de sua antiga arrogância.

— Talvez nós possamos financiar os reparos da Bílgia 4 como forma de compensação — ele propôs. — Rea não objetaria, tenho certeza. Se eu falar com ela...

A capitã engoliu em seco, descendo o olhar para o anel no dedo de Teo. Se ele não estivesse na Bílgia, onde até o vácuo entre os planetas era repleto de ioctorrobôs, ele já *saberia* a opinião de Rea sobre a questão.

— Não sou eu a pessoa com quem você deve negociar — disse ela, com um sorriso plácido para disfarçar a culpa. — Deixemos esse assunto para depois de resolvermos a nossa situação.

— O general estava de conluio com quem? — perguntou Tera.

— Estou avaliando os arquivos dele desde ontem à procura de mais informações — disse Nyx. — Suas comunicações com Luno Nance não foram realizadas de dentro do nosso sistema. Normalmente, os ioctorrobôs ainda poderiam ter acesso a alguns dados em sua nave, porém ele deve ter usado o mesmo tipo de antena dispersora que me desativou no quarto-cela do comandante Tito Lino.

Os três orgânicos entreolharam-se.

— Há quanto tempo será que isso está acontecendo? — Tera murmurou. — Foi tudo muito premeditado...

— Ela encontrou uma coisa nos arquivos do general Zena. — Lin suspirou. — Conversamos sobre isso ontem enquanto você *estudava* o Teo. Zena na verdade era nativo de Mican.

A médica arregalou os olhos. Teo olhava entre uma e outra.

— Uma colônia insignificante de Plúmbea — comentou ele. — E daí?

— Daí que a ficha dele foi adulterada — Nyx interveio. — Constava no sistema como se fosse nativo da própria Plúmbea. Quando verifiquei todos os dados, percebi uma incongruência, e então encontrei as alterações. Foram feitas no sistema anterior ao meu. Na época, eu não existia ainda. E posso dizer que não verifiquei nenhuma ficha sequer desde então, porque não havia motivo algum para isso.

— Mas o que saber a origem dele muda? — Teo insistiu.

— Há um pouco menos de sessenta anos, usamos o método Alawara em Mican — Lin esclareceu. — A Universidade nunca recebe pessoas de povos com quem fez isso... E por um bom motivo. Um dia, pagariam caro por agir assim.

— Agora estou quase com dó dele — resmungou o hati. — O sentimento duraria mais se ele não tivesse tentado me matar. — Ele se virou para Lin. — Precisamos confrontar o conselho universitário. Acaso não está responsável pela Bílgia enquanto o Reitor se recupera? Minha irmã vai enviar de volta para cá um grupo de reféns. E se lhes fizerem mal e a culparem? Não, precisamos descobrir o responsável o quanto antes. Se Nyx não sabe, podemos forçar a questão, obrigar o culpado a se revelar de algum modo.

Lin assentiu, pensativa. Passou a andar de um lado para o outro. *Odiava* ter de tomar decisões sob pressão, assim, sem tempo para pesar direito as consequências.

— Tera, o que você acha de convocar uma reunião de emergência?

— Quando?

— Já.

— Depende do que você quiser fazer. — Tera inclinou-se para ela.

— No momento, o Vice-Reitor está tratando o seu nome como o de uma traidora mancomunada com Lena-Hátia para tirar Teo daqui e nos fazer perder o acesso ao Luna 54.

— O Reitor falou alguma coisa sobre o assunto? — Só a opinião dele importava para Lin. — Eu sei que, mesmo no hospital, ele deve estar a par de tudo.

— No último comunicado geral ao conselho universitário, ele disse que não era para tratar você com hostilidade, se estivesse disposta a dar explicações — informou Nyx.

Tera confirmou.

— Recebi esse comunicado a caminho daqui — disse a médica. O Reitor lhe dava o benefício da dúvida, ao menos.

— Bom, então é isso o que vou fazer — anunciou Lin. — Convocar uma reunião e oferecer explicações sobre o meu comportamento. O mais provável é o traidor ser do conselho universitário, segundo o que a Soberana Rea nos contou ontem. Aliás, Teo, será que ela descobriu alguma coisa?

— Posso entrar em contato com ela e perguntar.

— Certo. Então eu e Tera vamos...

— Vocês duas? E eu fico onde?

— Aqui, oras. Precisamos que esteja em segurança, Teo. Um acordo entre Lena-Hátia e a Bílgia só será possível se o mantivermos vivo.

— O hológrafo não vai funcionar a partir daqui — disse Nyx. — Posso tentar resolver o problema, mas ainda não calculei quanto tempo vou levar.

— Desperdício de energia — retorquiu ele. — Eu *não vou* ficar aqui, como um refugiado. Não é essa a figura que desejo projetar. E a minha nave, que aqui só eu sei pilotar, tem um hológrafo para eu colocar minha irmã em contato com o conselho universitário e com o Reitor, se seu testemunho se fizer necessário.

O raciocínio tinha lógica.

— Posso garantir que as naves não o ataquem, Lin — disse Nyx.

— Isso exporia que você está ao meu lado, no mínimo — retrucou a capitã. — E eu prefiro preparar o terreno antes de contar a todos sobre a sua inteligência emocional. Vai ser um choque.

— Sim, mal posso esperar — Nyx respondeu, soando alegre. — Teo pode ficar dentro da nave, com Rea a postos. O Reitor ordenou mantê-lo vivo e ainda não revogou essa ordem. Então, mesmo letárgica, eu o protegeria.

38

Teo teve de concordar, mesmo não gostando da ideia. Então lhes pediu licença e voltou à cozinha. Precisava de um esclarecimento.

— Nyx? — sussurrou, uma vez sozinho.

— Sim?

— Você sabe mais sobre o atentado contra mim?

— Vasculhei as transmissões entre naves hatis... O emissário Luno Nance deu ordens de assassiná-lo a alguns soldados, caso o vissem. Não falei nada antes porque parecia uma informação fútil, depois de a Soberana Rea ter dito que ele era o traidor.

— Tanto Zena quanto Nance me queriam morto... talvez por razões diferentes. O general provavelmente para criar um incidente diplomático e prejudicar a Bílgia.

— Assim parece. As comunicações que interceptei estavam muito entrecortadas. Pelo que pude depreender, sua irmã estava disposta a entregar o satélite que os hatis chamam de Árcade para ter você de volta. Talvez Zena não quisesse que a Bílgia obtivesse nenhuma vantagem. Acho difícil virmos a ter certeza algum dia.

Teo assentiu. Doía pensar em Rea tendo de se sujeitar a ter um emissário tão autocentrado assim. Nance era um bom negociador, apesar de tudo, e sem dúvida por isso ela o escolhera.

— Durante o ataque, interceptei uma conversa que não entendi — disse Nyx, depois de algum tempo em silêncio. — Uma comunicação holográfica entre o seu planeta natal e a nave do seu comandante. Quer ouvir?

— Por favor.

Veio uma conversa entre Lenora e Tito Lino no dialeto soberano. Não muito longa, mas bastante informativa. Seu coração quase parou.

— O que diz? — Lin perguntou, da porta. Ela e Tera o encaravam.

O diálogo poderia selar seu destino, se o traduzisse. Ousaria? Só conhecia uma das duas mulheres à porta havia dois dias e meio e a outra, uma noite, na qual conversaram bem pouco. Seria alta traição dizer-lhes. Por outro lado, se a verdade escapasse de outro modo — quem sabe, com a IA decifrando o dialeto —, elas poderiam julgá-lo inconfiável. Ainda assim, hesitou. Nada se efetuara. Valeria a pena semear mais dúvida entre seus respectivos povos?

— Hum... eles não parecem bem informados — tateou.

— O que eles estão dizendo, Teo? — Lin repetiu.

Tomar decisões drásticas sob pressão era seu maldito *trabalho*, e Teo vacilava como um menininho indefeso. Vergonhoso. Se Rea pudesse vê-lo agora, como se decepcionaria. Mas não era culpa sua. Aprendera demais sobre a Bílgia em pouquíssimo tempo, mais do que na vida inteira. Eles eram razoavelmente éticos ao criar caos, e o faziam de maneira controlada.

Se demorasse mais, não acreditariam nele, mentindo ou falando a verdade.

Encarou os olhos violeta de Lin, pensando em tudo o que passaram juntos, no quanto lhe revelara e descobrira no processo, no que ela lhe ensinara, enfrentando sua arrogância e teimosia. Se mentisse...

— O ataque das naves hatis aos laboratórios foi direcionado — disse Teo, baixando a cabeça e a voz. — Eles queriam roubar a versão do vírus contra Vishtara... Zena deve ter contado sobre as armas biológicas a Nance e a informação chegou aos ouvidos de Rea e Lenora. Não deviam saber do potencial de extermínio e... Bom, é isso. Tentaram roubar o vírus. E são os responsáveis pela quarentena. Tirar proveito de um ataque movido por vingança é a cara da minha irmã.

Teo se interrompeu. Estava fazendo um papel ridículo tentando se justificar. Lin sorriu e, pela primeira vez, ele viu que ela tinha adoráveis covinhas nas bochechas. Os cantinhos de seus olhos se enrugaram com a sinceridade da expressão. Em silêncio, ela se aproximou, ficou na ponta dos pés e deu-lhe um beijo estalado na bochecha, algo que o povo dela fazia como gesto de afeto.

— Vamos nos preparar para a reunião — disse a capitã.

A ele, restou a desconfortável impressão de que havia acabado de passar num teste. E isso o enfureceu.

39

Obviamente Nyx contara a Lin sobre a gravação da conversa interceptada. E obviamente a IA já decifrara a Língua dos Soberanos com as amostras picadas, recolhidas ao longo dos anos. Daí surgiu a ideia de testá-lo, ver o que ele diria acerca da conversa entre Lenora e Tito Lino.

Enquanto o observava ouvir a gravação, enxergava a surpresa e o desgosto estampados em seu rosto, e preparou-se para perdoá-lo se ele mentisse. O fato de ele ter optado pela verdade não apenas provava sua honestidade, como sua confiança nela e sua capacidade de prever a melhor saída para uma situação difícil. A hipótese de Tera sobre os hatis serem sencientes nível 5 pareceu muito bem fundamentada, de repente.

Nyx só queria ver o que aconteceria para estudar a respiração, os batimentos cardíacos, as variações químicas no cérebro, o estado de tensão e relaxamento dos músculos do corpo e da face, entre outros. Tinha especial predileção por catalogar dados que a levassem a entender o funcionamento das emoções na racionalidade dos seres sencientes.

— Achei que ele ia mentir até abrir a boca — confessou Nyx, dentro de sua cabeça. — Reanaliso os dados e não compreendo onde errei.

— Arte? — perguntou Lin, com um sorrisinho fraco.

— Hum? — Tera fitou-a.

— Não é com você, é com a Nyx — disse Teo, olhando-a de viés. Ofendido? Magoado? — Então, já convocou a tal reunião?

— Sim — disse a IA. — Estou analisando as reações dos envolvidos. Ainda não encontrei nenhuma conversa comprometedora. Aviso, se acontecer.

— E eu tenho de confiar numa mentirosa de marca maior — rosnou Teo.

— Querido, sou uma *máquina*. Não me ofendo.

— Você a deixou intrigada, Teo — sussurrou Lin. — E, você querendo ou não, acabou de nos mostrar que podemos confiar em você. Deixe seu ego de lado, por ora.

— Resta saber se vocês são dignas da *minha* confiança.

Lin queria aplacá-lo. Não era hora de se desentenderem.

— Você sabe que sim. E já confia em nós. Por favor, não deixe nosso insulto atrapalhar isso. Assim que resolvermos essa confusão, eu vou me retratar.

Teo torceu o nariz e não respondeu. Tera caminhava para a nave ainda digitando, parecendo alheia à discussão. Quando Teo as deixara a sós, a médica explicou a Lin detalhes de sua hipótese, sobre como a cultura, enquanto parte elaborada da natureza senciente, podia se sobrepor à ancestralidade e vir a impactar a genética. Ela vinha teorizando sobre isso havia alguns anos, com base em espécies extintas, mas a possibilidade de encontrar evidências disso numa sociedade em plena ascensão era empolgante demais. Lin compreendia o êxtase da amiga.

— Vou conversar com Rea — disse Teo. — Explicarei a ela e a Lenora por que foi bom não ter dado certo.

A declaração, dada com solenidade, foi um bom sinal.

— Acha que vão entender? — indagou Lin.

— Não sei. Talvez precisem de um tempo para processar o real poder das armas biológicas da Universidade. Eu precisei. — Ele suspirou. — Só queria ter certeza de estar tomando as melhores decisões.

— Essa é uma certeza impossível, Teo — disse Lin. — Nunca senti nada parecido. Tenho dúvidas o tempo todo, mesmo sobre coisas que fiz há décadas. Você tem feito muitas escolhas nas últimas horas. Já se arrependeu de alguma?

— Cuidado com a resposta — disparou Tera, zombeteira, erguendo o olhar de sua tela por um momento.

Ah, então a bonita *estava* prestando atenção na conversa. Alcançaram a saída. Não nevava, mas ainda fazia um frio congelante. Tinha ficado decidido que Tera iria sozinha, para não se comprometer, e Lin chegaria com Teo como forma de rendição. Ele, no entanto, permaneceria na nave hati.

Tera, sempre tão expansiva, abraçou-os ao mesmo tempo e entrou em sua nave aos pulos. Teo seguiu-a com o olhar. Embarcou com Lin e, sem perder tempo, programou as coordenadas fornecidas por Nyx, claramente contrariado. Lin não puxou assunto; tinha outros problemas com os quais se preocupar.

Por exemplo, como falar diante de toda a assembleia sobre o amontoado de incoerências dos dias anteriores. Como explicar por que lhe pareceu mais congruente escapar do que se entregar para prestar esclarecimentos imediatos. Quase não tinha provas, senão seu próprio testemunho e um punhado de coisas circunstanciais. E Nyx. Tinha Nyx.

40

Assistiu a Lin descer a rampa de braços erguidos e ser presa de imediato por soldados que, ao menos, se desculpavam antes de algemá-la com as duas mãos às costas. Não dispararam contra sua nave, embora mantivessem todas as armas apontadas para ela. Voltou à ponte de comando para se comunicar com Rea.

— Teo — a voz de Nyx soou *dentro* de sua cabeça —, ainda está bravo comigo? Não me leve a mal. Eu precisava ter certeza de que podia confiar em você.

Estremeceu. Sabia que os ioctorrobôs a serviço da IA estavam em toda parte, incluindo sua corrente sanguínea, mas ela nunca o tinha abordado assim antes, de modo tão direto. E invasivo. Para *escutá-la* dessa maneira, algumas centenas de ioctorrobôs haviam se reunido na parte adequada de seu cérebro, a fim de estimularem sinapses a interpretarem as informações transmitidas como som.

Na prática, nada a impedia de matá-lo naquele momento, ali mesmo.

— Você não sabe como me sinto? — rosnou. — Não tem as exatas medidas do nível de arrepio dos meus pelos, o compasso do meu coração batendo?

Silêncio.

— Você redireciona seu medo como raiva — comentou Nyx. — Já vi acontecer antes, com outras pessoas. Mas isso não lhe causa impulsos destrutivos. É curioso.

Uma parte de si conseguia manter em mente que ela só estava se comunicando através dos ioctorrobôs em seu corpo para não invadir os sistemas de sua nave. A outra se recusava a perdoá-la por ser imbatível. Quem sabe, se não a tivesse achado engraçada horas antes, e se não tivesse passado a *confiar* nela... O absurdo de estar magoado com uma *máquina* o fazia querer sumir.

— Não estou interessado nas suas conclusões — resmungou.

— Vou lhe dar um presente — disse Nyx. — Algo que só eu, em todo o sistema complexo da Bílgia, posso lhe devolver.

— Ah, é? O quê?

— Rea.

Só houve um segundo de pausa e confusão e então o vazio desapareceu, aquele doloroso vácuo interior, aquela amputação prolongada. Rea estava ali, preenchendo cada espaço de sua consciência, num ímpeto de raiva cortado pela surpresa. Teo sentiu o calor dos raios solares de Lena-Hátia ao fim da tarde, a angústia florescendo em júbilo, o toque de Lenora em seu rosto, a música daquela voz em seus ouvidos.

Desatou a chorar, como Rea. Era como enfim respirar depois de passar dois anos, um mês e sete (ou oito?) dias segurando o fôlego. *Oh, Teo.* Assim que *ele* soube de tudo, ela soube de tudo, numa avalanche de informação e emoções desencontradas. Lenora a abraçava, chorando, e o abraçava por tabela.

Luno Nance, prisioneiro de sua irmã, no meio de um interrogatório interrompido por algo que jamais poderia prever, não tinha ideia do que estava acontecendo. Teo/Rea quebrou um de seus dedos; ele continuou não entendendo. Só gritou.

A primeira das informações que Teo captou da irmã foi que o emissário só tinha contato com o general Zena, e não sabia quem mais estava traindo a Bílgia. Além disso, Rea nada sabia acerca do roubo fracassado do vírus contra Vishtara. Quem havia orquestrado a tentativa de roubar os laboratórios da Bílgia fora Lenora. Sua irmã, no entanto, aprovava a ideia da esposa (ao menos, até saber o tamanho do desastre que poderia ter causado, se houvesse sido bem-sucedida). Ainda assim, demonstrou seu apreço com um beijo profundo na Consorte. Teo ficou sem ar. Já não sabia o que vinha de si ou de Rea, exceto quando discordavam.

— Se for Teo me beijando, serei obrigada a dar uma joelhada no seu saco, meu amor.

Rea riu e Teo riu e Nance urinou nas próprias calças, pois afinal percebeu seu erro. Entendeu que, ao olhar a Soberana, os gêmeos o olhavam de volta. Ele não havia planejado apenas se livrar da concorrência, mas atingir *a própria Rea*. Não era tão parvo assim, pelo menos. Um alarme soou, despertando-os do êxtase do reencontro.

— O que houve? — Teo perguntou, certo de ter escutado o som agudo com seus próprios ouvidos, e não os da irmã.

— O Vice-Reitor mandou cortarem as minhas linhas de transmissão na sala de assembleias — disse Nyx. — Ativaram uma antena rudimentar para dispersar meus sinais enviados aos ioctorrobôs situados dentro da sala. Para resumir: não estou lá agora.

Acaso descobriram que a IA estava com a inteligência emocional ativa? Ou apenas desconfiavam que, sendo Lin sua co-criadora, poderia ter alterado algo em sua programação?

— Você não tem como resolver isso?

— Posso reparar as linhas de transmissão, mas vou levar um tempo. Não tenho como garantir a segurança da capitã Lin sem estar lá dentro. Preciso daquela antena desativada.

— Está bem. Considere feito.

Teo foi à sala de armas a passos largos.

— Mas você é um péssimo atirador e está fora de forma — protestou Nyx.

Rea sorriu, espreguiçando-se e começando a se despir das pesadas vestes oficiais, lá na sala de interrogatórios de seu palácio. Teo sorriu também. Luno Nance ficou encarando a Soberana com um ar chocado, enquanto Lenora recuava para um canto do recinto a fim de lhe dar espaço.

— Você me devolveu a minha irmã, Nyx. Deixe a Soberana demonstrar sua gratidão.

— Não sei avaliar o que está acontecendo com você — disse a inteligência artificial.

— *Conosco*, Nyx — corrigiu Teo. — Você não sabe avaliar o que está acontecendo *conosco*.

— Fascinante!

41

Os soldados não pareciam saber onde enfiar a cara quando a vieram prender. Lin os compreendia e perdoava. Acompanhou-os sem impor resistência até o salão de assembleias, onde seus colegas a esperavam com expressões de choque e reprovação em vários graus. Tera já tomara um assento, parecendo aflita. O Reitor estava presente por transmissão virtual, ainda na cama do hospital universitário. O Vice-Reitor fitava-a através de olhos estreitados, com a pele em tons amarelados. Lin não sabia ler essa cor. Nunca a vira nele antes.

— Cessaram as hostilidades? — perguntou ele.

— Espero que sim, senhor. Agradeço pelo voto de confiança, de me permitir vir encontrar meus colegas do conselho das unidades — disse Lin, caminhando até a frente sem se preocupar com a constrição. Falava com a serenidade costumeira. — Estive obedecendo às ordens do Reitor de proteger Teo de Lena-Hátia e colocá-lo em contato com a Soberana Rea.

— Escolheu um modo curioso de fazer isso, atacando gente nossa — disse o Vice-Reitor. — Ajudando-o a escapar depois de ele ter assassinado o general Zena, nosso colega...

— Um nativo da colônia plúmbea de Mican que tentou matar Teo e gerar um caos diplomático — interrompeu Lin. Um burburinho percorreu a sala. — Ah, vocês se lembram, não, do que votaram para fazer com Mican?

— Zena era de Plúmbea — alguém disse.

— Fiz Nyx revirar os arquivos sobre ele — explicou Lin. — Nyx, conte o que encontrou.

— General Zenatyons de Plúmbea e Bílgia 13: ficha primária adulterada. Arquivo original nativo de Mican, registrado sob o nome Nushier-a-me.

A inteligência artificial soou perfeitamente letárgica, para o alívio da capitã. Tera parecia à beira de um colapso nervoso, mas se mantinha muda. O Reitor curvou-se para frente, quase grudando o nariz na tela.

— Vocês conseguiram estabelecer contato com a Soberana Rea? O que ela falou?

Lin esclareceu a questão de haver espiões dos dois lados, explicando que Rea havia deduzido a traição de Luno Nance já quando conversaram com ela sobre o assunto.

— Mas por que Zena ajudaria a matar o irmão da Soberana, se arriscando por isso? — indagou a professora Waslat. — Se sua intenção era só criar o caos aqui...

— Fazia parte do acordo com Nance, eu acho, mas para ter certeza disso, só falando com ele. A Soberana o está interrogando agora mesmo. — O olhar de Lin fixou o Vice-Reitor. — E o pior: Zena não estava trabalhando sozinho.

Ela pretendia jogar no ar a informação de haver mais um traidor. No entanto, antes de abrir a boca, a conexão com o Reitor caiu e uma espécie de estática chiou no ar. O Vice-Reitor ergueu-se.

— É muito fácil para você entrar aqui e fazer insinuações sem provas, capitã. Deixe-me enumerar o que é certeza: você ajudou Teo de Lena-Hátia a escapar do centro de detenção depois que ele assassinou um general bílgio? Confere. Você embarcou numa nave com ele para escapar dos nossos soldados? Confere. Você o ajudou a roubar uma nave de abordagem hati de um hangar na Bílgia 2? Confere. Você estava a bordo dessa nave quando ele a usou para atacar as nossas com um pulso eletromagnético? Confere. Você o deixou inventar que a sequestrou, durante a comunicação comigo? Confere.

O rosto de Lin ardeu de embaraço.

— Sei como isso tudo soa...

— E você, uma co-criadora de Nyx, conhecedora da programação de base da IA, tem nela sua única testemunha — vociferou o Vice--Reitor Gui Dave. — Conveniente, não?

As pessoas agitaram-se em seus assentos. Acaso ele estava na defensiva? Lin prendeu a respiração, pensando mil coisas ao mesmo tempo. Quem poderia dar ordens de dispersar sinais da Nyx, cortar linhas de transmissão dos laboratórios, além do Reitor? *Especialmente* se este estivesse fora da jogada?

— Essa é a razão de eu ter trazido aquilo. — O Vice-Reitor indicou um cilindro metálico de base circular. — Vai nos manter protegidos de Nyx até conseguirmos entender o que está acontecendo e descobrirmos um modo de resolver.

— ...senhor? — sussurrou Kito. — Nos proteger *de Nyx*? Como assim? E o Reitor?

— Também não é confiável e vou lhes provar.

Quem mais poderia estar tão preparado para rebater uma acusação de traição, além de um traidor?

42

Achou que precisaria enfrentar hordas para entrar no prédio, mas a configuração do lugar não permitia o escoamento de muitos guardas de uma só vez: seria impossível passarem lado a lado mais de duas pessoas com a constituição de Teo, ou no máximo quatro de espécies menores, como a do Reitor, que lhe batia pouco acima da cintura.

Para ajudar, Nyx ainda conseguia deter armas e soldados, impedindo-os de os alcançarem.

— Acabaram de colocar antenas no próximo corredor, para bloquear meus sinais aos ioctorrobôs naquele perímetro — avisou Nyx.

— Estão cercando toda a área. A intenção deve ser me tirar do prédio. Já sabem que você está indo para o salão de reuniões, Teo. Se você não conseguir desabilitar as antenas, os soldados vão poder atirar em você.

— Vão? — Era a doce soberba de Rea inundando suas veias e falando por sua voz. — Como funciona a sua análise de dados? Você calcula a probabilidade com base no que houve e projeta o futuro levando em conta certas variáveis conhecidas?

— Falando de um modo simplificado, sim.

— É melhor você rever os seus cálculos.

Ele avançou sem parar, usando a disparadora não letal contra soldados e uma detonadora portátil nas antenas. Um tiro, um acerto. Rea era o máximo. Teo voltou recolhendo as armas dos soldados caídos e desativou-as conforme as instruções de Nyx.

— Eu não sei o que está havendo nos corredores do entorno — ela disse. — Novos contingentes de soldados foram enviados para cá, trazendo mais antenas no caminho e em suas naves. Não posso pará-los agora.

Apesar das informações alarmantes, a voz de Nyx permanecia calma, pelo que tanto Teo quanto Rea lhe foram gratos. Seria difícil prestar atenção nos arredores com alguém gritando direto no seu cérebro. Nyx deu o menor caminho para a sala de reuniões. Rea não estava preocupada com o fato de a IA não poder fornecer dados mais precisos quanto à quantidade de soldados que encontrariam adiante. Nunca havia tido tal facilidade antes, portanto não precisava dela agora. Saber o melhor trajeto bastava.

A cada novo corredor, os gêmeos imobilizavam soldados, destruíam antenas e desabilitavam armas. Num dos trechos, conseguiram acertar as antenas antes de tudo, e então a própria Nyx imobilizou os guardas bílgios que os teriam enfrentado. Foi algo muito desconfortável de se testemunhar: num momento, estes vinham correndo e apurando a mira; no seguinte, parados feito estátuas, com expressões aterrorizadas. Era de se supor que Nyx estivesse fazendo os ioctorrobôs atuarem sobre a região responsável pelo sistema motor em seus cérebros — um feito impressionante, se levassem em conta o fato de haver soldados de uma dezena de espécies diferentes, cada uma com sua própria configuração cerebral. Como devia ser controlar tanta coisa desconexa ao mesmo tempo? A mente de um único senciente orgânico jamais poderia imaginar.

Enfim, tomaram o último corredor, que desembocava no salão de reuniões.

— A porta está selada — avisou Nyx quando Teo se adiantou para lá. — Não sei quem está perto.

Ele tocou a resina lisa e encostou o ouvido em sua superfície, onde também bateu com os nós dos dedos. Bem sólida.

— Eu diria potência média — observou Rea.

Pensei o mesmo.

Com as pernas afastadas, fincando um pé um pouco à frente do outro, Teo ajustou a potência da detonadora e disparou. As portas escancaram-se com um estrondo, mas não saíram das dobradiças e, felizmente, não atingiram ninguém.

Muitas armas apontaram para Teo ao mesmo tempo. Não que Rea se incomodasse com isso; meia dúzia de saltos, piruetas e quedas que Teo não teria sido capaz de executar nem em sonhos, aliados a alguns disparos, e todos os soldados estavam atordoados no chão.

— Nem pense nisso, emissário — rosnou o Vice-Reitor. Ele agarrara os cabelos de uma Lin ainda algemada e apontava uma arma letal contra sua têmpora. — Largue as duas, por favor.

Teo o fez sem hesitar e Rea nem tentou impedi-lo. Lin fitava-o, muito séria, com tamanho afinco que ele quase sentia o peso de seu olhar sobre a pele. Ela iria reagir. A Soberana preparou-se para aproveitar qualquer que fosse a deixa.

— É esse bárbaro que nossa nobre capitã tentava defender com tanto ardor, caros colegas.

Enquanto falava, o Vice-Reitor apontou a arma para Teo. Foi seu erro. Lin jogou a cabeça para trás com força, atingindo-o em cheio no rosto. Sua arma disparou, mas Rea/Teo já havia se jogado no chão e recuperado a detonadora. Atirou na antena (que Rea devia ter notado sem ele mesmo se dar conta) no exato momento em que o Vice-Reitor se recuperava e mirava Lin, caída.

A voz de Nyx soou, impassível, calando todos os burburinhos e prendendo algumas respirações:

— Sinto muito, Dave. Não posso deixá-lo fazer isso.

O Vice-Reitor congelou no ato, com uma expressão horrorizada. As algemas de Lin abriram-se. O Reitor foi reconectado. As portas fecharam-se, apesar de muito bem arrombadas.

— Precisamos conversar — disse Nyx. — Tenho muito a esclarecer. Acomodem-se.

Gui Dave continuou imóvel no centro da sala. Isso decerto apavoraria todos os presentes, ao menos enquanto a inteligência artificial não se explicasse.

43

Ninguém falou nada durante vários minutos após Nyx dar seus esclarecimentos por encerrados. Até mesmo o Reitor, habitualmente tão eloquente, ficou sem palavras. Só olhava Lin, boquiaberto, como se lhe pedisse para dizer que aquilo não passava de um sonho. Nyx havia mantido a inteligência emocional ativa por décadas sem ninguém desconfiar; ela já teria causado um belo estrago, se quisesse.

Quem quebrou o silêncio foi Teo. Largando as armas a um canto, junto às dos soldados, e abandonando por completo a atitude beligerante, tomou um assento vago e disse, muito tranquilo:

— Eu gostaria de negociar.

Lin continuou admirada com a transformação mesmo dias depois, quando o levou para encontrar o Reitor e passaram a tarde discutindo os termos do novo acordo entre seus respectivos sistemas. Ele estava ali como o emissário hati agora, apenas aguardando o término da quarentena para ir embora. Levaria mais algumas semanas, de acordo com os cálculos de Nyx, até se certificarem de que a Bílgia estava livre do perigo biológico espalhado pelas explosões nos laboratórios.

Teo era um exímio negociador, bastante disposto a escutar, sereno em seu posicionamento. A todo o momento, parecia interessado em satisfazer as demandas da Bílgia, mesmo enquanto as recusava uma a uma. Lin olhava o anel no dedo do emissário e se perguntava se Rea permanecia com ele o tempo todo e como seria essa sensação.

Ao final, ficou estabelecido que a Universidade poderia explorar o satélite Luna 54/Árcade por mais cinquenta anos, se intermediasse a negociação do cessar-fogo de Vishtara contra Lena-Hátia. Ele havia explicitado não desejar o uso do método Alawara, a menos que o kha se mostrasse inflexível.

Graças à intercessão de Teo, a Soberana também concedeu autorização diplomática para o grupo liderado por Tera investigar sua teoria em solo hati. O emissário tinha muito interesse em ser o primeiro de seu povo admitido à Bílgia como aluno, o que só aconteceria se fosse confirmada a hipótese de que sua espécie era mesmo senciente nível 5. Pelas estimativas de Tera, isso levaria no mínimo quatro anos.

O Vice-Reitor foi condenado por alta traição. Para evitar futuros problemas do tipo, o Reitor pediu a Nyx para avaliar as fichas de todos os habitantes do sistema universitário, em busca de incongruências como as constantes na do general Zena. As atitudes imperialistas da Bílgia ao longo dos anos haviam criado inimigos, como era de se esperar. A inteligência artificial encontrou outros dois infiltrados em busca de vingança, presos e deportados sem demora. Estavam trabalhando com Zena, mas não com o Vice-Reitor, a quem os três supostamente se reportavam. Este confessara desejar a morte de Teo, com a finalidade de forçar a Bílgia a tomar o satélite à força. Zena não havia lhe transmitido o recado de Luno Nance, de que Rea estava disposta a entregar o Árcade/Luna 54 à Bílgia em troca do irmão.

Conforme as coisas voltavam ao normal, as pessoas começaram a abandonar suas inseguranças e a confiar em Nyx de novo.

Numa noite, Lin estudava documentos sobre a história da legislação hati, para assessorar o projeto de Tera, quando ouviu uma nave pousar. Não esperava ninguém, portanto foi fácil deduzir a identidade do visitante. *Teo*. Quem mais seria presunçoso a ponto de chegar sem avisar?

Certo como a gravidade, lá estava a nave de abordagem hati na qual ele perambulava, ora levando um time ávido de engenheiros, ora só passeando. Lin cruzou os braços à porta, esperando-o desembarcar já com um comentário sarcástico na ponta da língua. Ele parecia ansioso, e a piada morreu em sua garganta.

— Algum problema? — perguntou.

Ele gesticulou para entrarem e, quando o fizeram, olhou-a com uma expressão angustiada.

— Estão indo fazer um novo exame de DNA na minha sobrinha. O motivo do nervosismo ficou claro sem maiores explicações. Os hatis raramente tinham concepções naturais, como as notícias (e fofocas) alardeavam ter sido o caso de Rea e Lenora. Já fazia alguns séculos que o povo de Lena-Hátia selecionava os melhores embriões, segundo seus parâmetros. Assim sendo, uma criança concebida pelo método mais antigo do universo seria acompanhada a cada etapa. Sendo a herdeira do trono, ainda por cima, uma lei poderia obrigar a Consorte a abortar se houvesse algo errado. E a lista de coisas consideradas "erradas" era *imensa*. Lin só tivera paciência de lê-la inteira uma vez.

— O último exame deu alguma alteração? — perguntou Lin. — Ou é só uma coisa protocolar?

Teo andava de um lado para o outro como uma cobaia numa jaula apertada, correndo a mão pelos cabelos a cada algumas passadas.

— Não foi uma *alteração* de fato. Pelas datas, acham que o embrião deveria estar maior do que está.

Lin inclinou a cabeça para o lado, acompanhando-o com o olhar.

— Se for o caso, *isso* não é motivo para interromper a gravidez, é?

— A lei não é muito clara nessa parte. — Teo parou, olhou-a como se implorasse alguma coisa, então voltou a andar. — Os médicos vão decidir. E a questão será anunciada em público, para Rea não ter como se opor.

Espertos. Lin bem conseguia imaginar o pavor de ser um dos médicos apontados para cuidar da Consorte e ter de desagradar Rea. Se declarassem sua decisão num ambiente fechado, sabia-se lá o que poderia acontecer.

Apesar de as leis serem duras demais, e meio estúpidas em certos casos, uma coisa Lin admitia: era louvável serem piores com os Soberanos do que com o resto das pessoas. Sem dúvida, isso constituía uma forma de não transformar seu antiquado sistema político de herança genética num novo absolutismo.

Teo girava o anel no dedo. Via-se uma fina camada de suor se formando na linha de seus cabelos.

— Não seria melhor você tirar isso agora? — Lin sugeriu, no tom mais complacente de seu repertório.

Ele pareceu surpreso. Até ofendido.

— E deixar minha irmã sozinha numa hora dessas? Que ideia!

— Não sei o que você quer que eu faça.

Por um instante, Teo apenas a encarou com um ar perdido. Depois sua postura se retesou. Ele se inclinou, todo formal.

— Desculpe. Como você sabe sobre nós... Pensei... Perdão, eu não queria tomar seu tempo.

Ali, na Bílgia, Lin era a única que sabia sobre a telempatia entre a Soberana e seu gêmeo idêntico. Ele estava perturbado igual à irmã, mas sozinho como Rea não estaria. Quando o viu se virar para sair, ela se adiantou e tocou seu ombro.

— Espere. Não foi isso o que eu quis dizer. — Lin apertou seu braço, procurando transmitir alguma calma. Ele a fitou, talvez tentando medir a veracidade de suas palavras. — Venha. Eu lhe faço um chá.

Ele aceitou e sentou-se na mesma cadeira onde se acomodara semanas antes. Parecia fazer *anos*.

— O resultado demora? — perguntou Lin.

— Algumas horas. Na verdade, o exame em si leva poucos minutos, mas a deliberação dos médicos não vai ser rápida. — Ele esfregou o rosto. — Eu não queria atrapalhar o seu trabalho. Só não sabia aonde mais ir. Eu deveria estar lá com elas agora...

Lin engoliu em seco. Teo não estava com a irmã e a cunhada por culpa sua. Olhou-o, querendo formular um pedido de desculpas e se perguntando se alguma palavra seria suficiente. Ele arregalou os olhos, estendendo o braço e segurando sua mão.

— Não me ressinto de você — sussurrou, dando-lhe um leve puxão a fim de fazê-la encará-lo. — Você fez o que podia para tornar uma situação ruim o menos pior possível. — Seus dedos acariciaram a mão de Lin, menor e mais delgada, antes de a soltarem. Ele inspirou fundo. — Rea disse que virá me esperar fora da órbita da Bílgia. Para me receber quando a quarentena chegar ao fim e eu puder voltar para casa. Vamos levar os pesquisadores da equipe de Tera conosco, sabia?

— Ouvi falar. — Lin sorriu, feliz pela mudança de assunto. Se ele precisava de uma distração, ela poderia providenciar. — Quem imaginou que acabaríamos virando amiguinhos?

— Eu. Eu imaginei.

Lin estivera se referindo a suas respectivas terras, e Teo devia saber, mas ele respondera de propósito como se fosse sobre os dois. Sentindo o rosto queimar, Lin virou-se para coar o chá. Levou um tempo nisso antes de servi-los. Teo voltou a parecer nervoso.

— O que foi? — perguntou ela.

— Lenora está passando mal. A ansiedade aumentou sua pressão. Rea está...

— Igual a você agora.

— Sim. — Ele riu, enxugando o rosto com uma mão trêmula. — Eu não estou mesmo atrapalhando?

44

Lin pegou sua mão sobre a mesa e apertou-a. O gesto prosaico ajudou. Ele bebericou o chá e deixou o calor reconfortante acalmá-lo. Rea relaxou um pouco também, embora a crise nervosa de Lenora ainda os destruísse por dentro. Na cozinha daquela casinha isolada na Bílgia 1, emissário e capitã permaneceram mudos, bebendo o chá. Ela acariciava as costas de sua mão com o polegar.

Depois, sem dúvida percebendo seu tremor, Lin levantou-se.

— Quer ver no que eu estava trabalhando? — Gesticulou para ele segui-la e conduziu-o à biblioteca. Ela ainda usava papel para suas anotações. — Olhe.

Teo apanhou as folhas oferecidas por Lin. Uma parte de si estava com Rea, acariciando o rosto de Lenora e dizendo-lhe que tudo ficaria bem. A outra, ali na casa da capitã, sentiu a curiosidade de sua irmã se atiçar. Seria ótimo distraí-la um pouco, acalmá-la para ela conseguir tranquilizar Lenora.

Forçou-se a ler as páginas. Cópias da legislação hati para comitivas vindas de outro sistema. Marcações sobre brechas legislativas quanto a grupos de pesquisa. Não havia nada muito explícito sobre essa modalidade de estrangeiros.

— Vamos enquadrar o pessoal da Tera aqui — informou Rea, pela boca de Teo, enquanto ele apontava um trecho específico. Lin parou ao seu lado para ler, alheia ao fato. Ele reassumiu: — Dentre todos os tipos de missão, as diplomáticas são as recebidas com mais garantias e honrarias. Minha irmã concordou que, dadas as circunstâncias, era a melhor opção.

Ela ergueu o olhar para o seu e abriu um sorriso largo, raro de se ver em seu rosto. Sentiu-se presenteado. Rea agora contava a Lenora que Teo estava encantado por sua salvadora. Sua cunhada pareceu *alegre*. Teo não protestou. Especialmente quando todos os medidores apontaram a pressão dela voltando ao normal.

— Você vai... — Ele pigarreou. — Você vai com Tera?

— Não, pelo menos por enquanto. — Ela não demonstrou perceber a ansiedade na voz do emissário, pegando o papel e curvando-se sobre a mesa para circular o trecho que ele tinha indicado e anotar alguma coisa. — Ela tem as ideias geniais, mas alguém precisa cuidar da parte burocrática para fazer tudo acontecer.

O emissário nem precisou disfarçar sua decepção; Lin não prestava atenção nele no momento. Ela apanhou livros a respeito dos hatis — alguns dos quais ele folheara no primeiro dia sozinho ali —, e começou a abri-los em partes específicas.

— Você está disposto a tirar dúvidas?

Havia *centenas* de papeizinhos cheios de rabiscos entre as páginas dos volumes. Teo sentiu o canto de seus lábios se repuxando num sorriso. Tirou o casaco sisudo, pendurou-o nas costas da cadeira e sentou-se no chão. Ela mudou o peso de perna, como se indecisa, então se juntou a ele.

Passaram algumas horas discutindo. O nervosismo de Rea foi se amenizando. Lenora ficou curiosa com a conversa que não tinha como acompanhar, admirada com os fatos sobre a Universidade da Bílgia que a Soberana lhe contava. Ou seja, a angústia só retornou quando vieram chamá-las para o anúncio da decisão dos médicos.

— Tudo bem? — Lin perguntou, ante o silêncio repentino de Teo.

— Acabaram de deliberar — disse ele.

Lin arrastou a bunda no chão, aproximando seus corpos lado a lado, passou o braço pelo seu e deitou a cabeça em seu ombro.

— Eu tenho muita bebida em casa — sussurrou. — Dá para comemorar ou afogar as mágoas, se você quiser.

— Obrigado. — Seu tom saíra meio seco, por isso emendou: — Obrigado por nos distrair.

Ela sorriu, com certeza apreciando seu uso do plural "nos".

Através de Rea, o calor vermelho da estrela do sistema de Teo acariciou seu rosto. Ele fechou os olhos. Tinha saudades daquela sensação. O astro central do sistema da Bílgia era branco, e parecia amarelo ou azul, dependendo da atmosfera de cada um dos planetas que o compunham.

Sentia seus braços envolvendo a cintura de Lenora quase como se fosse ele a abraçá-la e não sua irmã. As duas estavam na varanda do palácio. Milhares de rostos as encaravam do pátio abaixo. Era o local dos anúncios oficiais.

Na varanda vizinha, apareceu o médico responsável, ladeado por quatro soldados, presentes para protegê-lo *de Rea*.

— A criança está saudável — declarou, austero. Então, olhou de lado para Soberana e Consorte e deu um sorriso discreto. Teo sentiu o alívio inundar seu sangue. O médico voltou-se ao povo lá embaixo.

— Não se vê uma concepção natural na Família Soberana há séculos.

— O médico pigarreou, claramente desconfortável. — O embrião é, de fato, menor do que o esperado nesta fase da gravidez, mas não há nenhum sinal de mutação. É verdade que costumamos fazer uma seleção artificial de embriões maiores, mas enquanto a criança herdeira estiver saudável e a Soberana e a Consorte a quiserem, não há real motivo para interromper a gravidez.

Rea girou Lenora no ar, o choro transformado em riso. A multidão urrou por todos os lados, entre aplausos, assobios e vivas. As duas correram para dentro, atracando-se com uma espécie de desespero do tipo que só um imenso alívio poderia criar. Teo desvencilhou-se de Lin, tirou o anel e guardou-o no bolso.

— Está tudo bem. — Ele esfregou os olhos, sorrindo. Ante o olhar questionador dela, explicou: — Elas vão *comemorar*.

— Ah.

O silêncio estendeu-se.

— Obrigado pela companhia, Lin. — Ele se virou para ela. — Nyx contou que *você* sugeriu suspender o ruído dos ioctorrobôs para meu

137

anel funcionar. — Lin corou outra vez, adorável. — E disse que você lhe proibiu de me falar.

— Mas ela não obedeceu.

— Não. Ninguém pode obrigar Nyx a fazer nada, eu acho. Agradeço muito, Lin. Isso salvou a minha sanidade. E nossas vidas, em última análise.

Ela deu um sorriso triste, fitando a baderna de livros no chão.

— Vocês são boas pessoas. Faz pensar em quanta gente boa eu devo ter ajudado a ferrar nas últimas décadas.

— Foi por isso que você saiu do time de negociações e voltou às pesquisas?

Os olhos violeta arregalaram-se, surpresos.

— Como você sabe?

— Ah, minha aguçada inteligência de senciente nível 5...

— Teo.

— Meu charme e personalidade cativante fazem as pessoas quererem me contar coisas. Nem é culpa minha.

Lin até tentou estreitar os olhos com ar de censura, mas acabou rindo. Teo observou-a de soslaio. Precisava fazer alguma coisa. Partiria em poucas semanas e nunca se perdoaria se não agisse. Tateando, perguntou:

— Qual é o seu papel nisso, enquanto pesquisadora? A parte da burocracia eu já sei.

— Caso não tenha ficado claro, eu sou ótima em análise de dados.

— Ela sorriu de verdade dessa vez. — E, entre os arroubos de Tera e a sua *personalidade cativante*, até o Reitor está interessado no resultado dessa pesquisa em especial. Realocou alguns recursos para sair o quanto antes.

— Hum... — Ensaiou tocar a mão de Lin outra vez. Quando ela deixou, erguendo o olhar para o seu, sentiu-se encorajado. Acariciou-a. — Então, você vai ficar só na parte da análise dos dados coletados por outras pessoas?

138

— Não vou sair por aí transando com hatis aleatórios em nome da ciência, Teo — disse Lin, com firmeza. Envergonhado, ele fez menção de soltar sua mão. Ela, no entanto, a segurou, ergueu-se de um salto, montou em seu colo e beijou-o sem mais preâmbulos. Para Teo, foi como uma explosão dentro de si. Agarrou-a, levantando-se, e deitou-a na mesa, felizmente vazia. Temeu tê-la assustado, mas, quando Lin só abriu as pernas e ergueu o vestido, voltou a agir. Teriam tempo para fazer mais devagar depois.

Achou isso antes de todas as vezes, mas quando ela o olhava daquele jeito e arranhava suas costas, ou fazia *aquela* cara fitando-o por sobre o ombro, era como se fosse a última vez, e não queria que fosse. Queria que houvesse uma eternidade para lhe mostrar sua apreciação de todas as maneiras possíveis, queria ver todos os dias aquela aprovação extasiada em seu rosto, em cada suspiro e gemido e arquear de corpo.

Mas Nyx anunciou o fim da quarentena e Rea chegou tão perto que agora Teo a sentia mesmo sem o anel.

45

A nave de Rea alardeava sua presença a bordo a qualquer um que a olhasse. Todos os tripulantes encheram a imensa rampa de desembarque, distribuídos em fileiras, com um caminho aberto para *ela* descer. No novo prédio da Reitoria, os figurões da Bílgia estavam presentes para recebê-la. Lin postou-se mais à frente com o Reitor, Teo e o comandante hati Tito Lino, esperando. Este último ainda se recuperava, mas passava bem.

A capitã reverenciou a Soberana com os demais quando seu manto oficial surgiu lá no alto e só se esticou depois de Teo se endireitar e a abraçar.

Rea cumprimentou o irmão e virou-se para o Reitor, trocando cordialidades. Lin permitiu-se olhá-la. Era a perfeita imagem do emissário, estonteante, ainda mais altiva e orgulhosa.

Teo roçou os dedos nos seus de modo discreto. Trocaram um olhar. Ele fora meio reticente em se despedir dela na noite anterior, por causa da *presença* de Rea, mas Lin não se importava, àquela altura. Era estranho saber que ela sentia *tudo* o que ele sentia, se parasse para pensar no assunto, então simplesmente não pensou. O resultado disso foi um sexo espetacular seguido de melancolia.

A Soberana cumprimentou cada pesquisador que receberia em Lena-Hátia e mandou-os embarcarem, depois saudou o comandante e o instruiu a entrar junto com Teo. Este fez uma mesura, trocou um olhar com Lin e obedeceu. A capitã assistiu-o subir a rampa e olhar para trás uma só vez, pouco antes de desaparecer lá dentro.

Àquela altura, Rea trocava as últimas formalidades com o Reitor, e então se voltou a Lin como se o tempo inteiro tivesse esperado por isso. Sorriu-lhe, tão igual a Teo que a expressão lhe apertou o peito. Deu-lhe o braço, levou-a para a beira da rampa e tirou do manto uma placa dourada do tamanho de sua mão. Lin olhou-a, surpresa. Um passaporte diplomático de Lena-Hátia. Em seu nome.

— Qualquer nave de aliados hatis a levará até nós, se você lhe mostrar isso — disse, casualmente. — Você deveria considerar passear por lá na sua próxima folga. Temos cânions lindos e conheço alguém que teria prazer em mostrá-los a você.

— Obrigada, majestade. — Lin guardou o passaporte no bolso interno do casaco.

— Também incluí nele um hológrafo com contato direto para essa pessoa, se você quiser tirar dúvidas e tudo o mais.

— Isso... é muito atencioso da sua parte, majestade.

Rea sorriu e virou-se para embarcar, mas então parou, voltou-se, segurou suas mãos e beijou-as, olhando-a nos olhos.

— Ainda é Rea falando — sussurrou. — Você salvou a minha vida, Lin, e não existe nada que eu possa fazer para compensar isso. Se precisar de algo, diga, está bem?

— Mande Teo treinar a pontaria — disparou Lin, zombeteira, só para não se sentir muito estúpida por estar lacrimejando.

Rea fechou os olhos um instante.

— Você não faz ideia do quanto Teo quis beijá-la agora. — A Soberana suspirou. — Nyx disse a ele que você trabalha demais. Tire folga logo.

Lin despediu-se com uma curta reverência. Rea virou-se e subiu a rampa, Soberana de fato. Enquanto a seguia com o olhar, Lin fez contas rápidas. Fazia *anos* desde suas últimas férias.

POSFÁCIO

**Senciente Nível 5:
para realistas de uma realidade maior**
Cláudia Fusco

Em seu histórico discurso de aceitação do National Book Award, Ursula K. Le Guin, uma das maiores escritoras de literatura fantástica do mundo, disparou denúncias a um sistema mercadológico e político que taxa bibliotecas abusivamente, restringe o acesso à cultura e coloca artistas e criadores em uma situação de insegurança constante. Disse ela na ocasião, em tradução disponibilizada pela Editora Aleph no Youtube: "acho que tempos difíceis estão chegando, quando desejaremos as vozes de escritores que possam enxergar alternativas para o modo como vivemos agora, que possam ver através de nossa sociedade atingida pelo medo a fim de maximizar lucros de empresas, que levem a outros modos de ser e até imaginem territórios reais para a esperança". O ano era 2014.

Le Guin foi certeira em seu discurso por duas razões. A primeira, é claro, foi profetizar os tempos difíceis que nós, em 2020, não temos dúvidas que chegaram. Tempos de uma crise sanitária devastadora em um mundo já fragilizado e dividido, com impactos que transpõem a esfera da saúde pública e da política e estão transformando as relações humanas em suas esferas mais particulares. Como uma "autora da imaginação", segundo ela mesma descreve os autores de fantasia e ficção científica, Le Guin não teve dificuldade de ver à frente e nos alertar sobre o futuro. Mas fez mais do que isso: colocou a arte como peça-chave para a sobrevivência em um mundo que flerta com o autoritarismo e o desprezo profundo pelo conhecimento. Explica Le Guin: "vamos precisar de escritores que possam se lembrar da liberdade — poetas, visionários, realistas de uma realidade maior".

Senciente Nível 5 é fruto dessa mentalidade. Em uma novela ágil, humana e esperançosa, Carol Chiovatto não teve medo de vislumbrar um futuro onde convicções diferentes existem, mas podem ser mediadas e negociadas. Nesse futuro, o conhecimento científico é central e não serve apenas para colecionar conquistas e descobertas, e sim para compreendermos verdadeiramente o outro. Em um mundo que é nutrido pelas ciências humanas, exatas e biológicas, a esperança tem condições de florescer.

Esse equilíbrio entre as ciências é fruto de debate na ficção científica há décadas. Na metade final do século XX, estudiosos e fãs da literatura fantástica convencionaram o uso dos termos *hard* e *soft* para descrever dois alinhamentos aparentemente divergentes da ficção científica. Enquanto a *hard* abordaria ciências exatas e biológicas, como matemática, física complexa ou cálculo, a ficção científica *soft* seria voltada para as ciências humanas e a psicologia. O juízo de valor é inevitável, e também errôneo, porque conduz leitores a acreditarem que encontrarão "leveza" em narrativas como *A Mão Esquerda da Escuridão*, da própria Le Guin, ou que as histórias de Arthur C. Clarke, formado em física *e* matemática pela King's College, uma das universidades de maior prestígio do Reino Unido, não têm uma única gota de curiosidade sobre sociologia ou antropologia. Embora muitos fãs e pesquisadores de ficção científica ainda usem essa divisão, é muito mais interessante encontrar diversos tipos de conhecimento polvilhados ao longo da história. *Senciente Nível 5* nos relembra da importância das ciências humanas num contexto diplomático e futurista e, de forma muito elegante, nos mostra que a academia, mais do que um espaço dedicado a uma elite, deve ser povoada, valorizada, habitada. O conhecimento é vivo.

A novela que você tem em mãos é um produto de seu tempo, assim como toda ficção científica. É tentador imaginar que histórias fantásticas fazem previsões sobre o que irá acontecer, e não são poucos os fãs e estudiosos desse modo narrativo que podem apontar, com facilidade, quais as obras que mais "acertaram" e "previram" o futuro. Grandes escritores de FC atuaram como futurologistas profissionais, inclusive para governos. Esse é um exercício imaginativo delicioso e importante para vários segmentos da sociedade, mas no fundo, como já disseram tantos autores e autoras que navegaram pelo inóspito, cada obra só nasce a partir das perspectivas e prioridades que temos no presente. E muitas delas afloram em *Senciente Nível 5*.

A história é uma retomada ao universo de *Mestres do Conhecimento*, da mesma autora, publicado em 2015, agora sob a ótica de outras personagens e perspectivas. Assim que mergulhamos na trama, somos recebidos com uma cena de ação e fuga. Vemos Lin, a capitã da Bílgia 1 (que, mais adiante, descobriremos ser uma ala dedicada a "Filosofia, Artes e Ciências Sociais" dentro de um sistema inteiro que constitui uma universidade), se esgueirando entre corredores destruídos para remover com segurança o emissário de Lena-Hátia, um prisioneiro importante para a Reitoria. Teo é, a princípio, arrogante e resistente — e ser irmão da Soberana Rea, uma das pessoas mais poderosas do Universo, não ajuda muito a diminuir seu ego. Mas tudo muda quando, durante a missão de salvamento, Teo percebe que está sob a mira de seu próprio povo, os hatis — e é salvo por Lin. Adicione a isso um ataque direcionado a laboratórios estratégicos da Bílgia e o caos está instaurado, com vírus letais espalhados pelo ar e uma quarentena forçada para Teo (sem falar em uma vacina bem, bem dolorosa).

Enxergar a relação de Lin e Teo se desenvolvendo é um dos tesouros de *Senciente Nível 5*. Ela, uma mulher influente e destemida até em momentos de crise; ele, uma peça crucial no entendimento entre ambos os povos, que negociam há décadas a presença em uma base estratégica de recursos, o satélite Árcade ou Luna 54. Ao longo da história, outras personagens vão ganhando espaço, como Nyx, a inteligência artificial que se comunica por telepatia com scientes nível 5; Tera, amiga de Lin e pesquisadora entusiasmada dos hábitos sexuais dos povos; o reitor Mbaeh Triar, responsável pelo funcionamento da Universidade da Bílgia, e a própria Soberana Rea, impetuosa e calculista. Quanto mais as trajetórias desses personagens se cruzam, mais mergulhamos em uma trama complexa, com indivíduos cheios de nuances que não são identificáveis à primeira vista.

As dinâmicas entre os "eruditos" das Bílgias e os "trogloditas" hatis é uma diversão à parte. Cada povo tem preconceitos bastante estabelecidos em relação ao outro. Primeiro somos convencidos, sob o olhar de cada personagem, que o outro representa perigo; lentamente, o medo do desconhecido vai dando espaço à curiosidade, à investigação e até mesmo à sedução.

É importante frisar que este é um livro que aborda, entre muitos temas, relações entre poder, sexualidade e opressão, temas que são contemporâneos, essenciais e debatidos na ficção científica das mais diversas formas. Carol Chiovatto escolheu uma das mais interessantes delas, um dos triunfos do seu texto: fez desse debate algo empírico, *sexy* e gostoso de acompanhar. É a partir da dinâmica e da tensão entre os personagens que entendemos que muitos passos foram dados pelos povos intergalácticos em relação à liberdade sexual das mulheres. Os hatis não se sentem excitados se a parceira demonstra dor ou incômodo e isso é evolutivo, herdado. Não são violentos como se pensava e, principalmente, não sentem prazer com o sofrimento alheio, o que os faz *sencientes nível 5* como o povo da Bílgia.

Outros debates importantes para o mundo contemporâneo estão salpicados ao longo da história. É inevitável se compadecer de Teo e sua prisão galáctica agora que sentimos na pele a estranheza de viver em isolamento durante a quarentena. Empatia, inclusive, é também um ponto-chave na história, seja a partir do olhar de personagens que a vivem de forma inevitável, como Teo e Rea (já que ambos, sem dúvida, compartilham um pouco mais do que gostariam), até aqueles que buscam formas de imitá-la — como Nyx, que certamente deve entrar para a lista de inteligências artificiais mais adoráveis da ficção científica.

Nyx é uma personagem interessante sob diversos aspectos. Seu nome, uma referência à deusa grega Nix, não foi escolhido à toa: sua "xará" era a padroeira da magia, da noite e seus mistérios, e caminhava pelo Universo usando uma capa que a tornava invisível para os mortais. Sua homônima robótica não faz diferente: investiga e esmiúça a sociedade fingindo que sua "inteligência emocional" está inativa, ou seja, escondendo sua verdadeira natureza. Leituras parecidas podem ser feitas de Teo e Rea, ambos referências ao divino: "Teo" literalmente significa "Deus" em grego, enquanto o nome de sua irmã é uma referência à titânide Reia, irmã e esposa de Cronos, considerada por muitos como a deusa-mãe do Olimpo. Seu arco narrativo em *Senciente Nível 5* de fato termina quando ela e sua esposa, Lenora, estão prestes a se tornarem mães. É um fim simbólico para uma história sobre construção de laços e vivências que parecem separadas por abismos.

A busca por conexão real é uma constante para todos os personagens, e talvez seja a força mais potente que conduz a narrativa adiante. É a curiosidade e a investigação de padrões humanos que mantém o modo de inteligência emocional de Nyx ligado o tempo todo. Tera não tem dificuldades, como indivíduo, de criar relações, e esse tema a encanta também como pesquisadora. Rea e Teo possuem uma conexão profunda a vida toda, que é encerrada quando o emissário se torna prisioneiro da Bílgia e, quando recuperada por Nyx, é um grande alívio para os irmãos, que se sentiam incompletos. Já Teo e Lin não têm escolha senão se acostumarem com a presença do outro, e é apenas nesse convívio forçado que deixam de ter impressões genéricas, determinadas apenas pelas origens de cada um, e passam a de fato se enxergar: primeiro com interesse sexual, depois como aliados, até se entenderem como parceiros em níveis ainda mais profundos.

Publicado em 2020, ano em que as conexões humanas e a empatia pelo outro se mostram de importância vital, *Senciente Nível 5* se volta para um lugar em que a luta coletiva é parte da estrutura e da memória histórica desses povos. Em alguns pontos do texto, a autora reforça que antes da relativa calmaria que antecede os ataques à Bílgia, o Universo já estivera ameaçado pelo poder tirânico de Alawara, que deixou uma marca na reputação da Universidade da Bílgia. Foi a colaboração coletiva que derrubou a tirania, baseando-se na esperança, na organização e no uso estratégico de inteligências artificiais.

É por isso que a história que você tem nas mãos é um bom exemplo de uma narrativa *hopepunk*. O termo, que surgiu na metade dos anos 2010, designa histórias de ficção científica e fantasia em que o coletivo e o desejo por mudanças positivas são fundamentais para a transformação da sociedade. O *hopepunk* é uma resposta às distopias e ao *grimdark*, um outro subgênero da ficção científica, voltado para o pessimismo e a violência. Ao contrário do que o nome pode sugerir, o *hopepunk* não é ingênuo e sonhador, nem alheio às dificuldades da vida; mas sugere que a transformação é possível e que a liberdade é revolucionária.

Margaret Atwood, autora de *O Conto da Aia*, encontrou outro nome para a mesma ficção rebelde e esperançosa: Ustopia. Uma narrativa que não idealiza as partes boas nem enxerga apenas as sombras do nosso mundo, pelo contrário; uma vez que já conhecemos a distopia, estamos preparados para lidar com ela e com a humanidade depois disso. Atwood também acredita que, se escrevemos distopias, evitamos que elas existam no mundo real da forma que foram concebidas pela imaginação. Embora a autora tenha se inspirado em violências que de fato aconteciam e ainda acontecem com mulheres ao redor do mundo para escrever sua obra mais famosa, ao consolidar *O Conto da Aia*, Atwood também nos deu material para resistir, sonhar e desejar um mundo onde a violência de gênero não aconteça.

É por isso que é tão revigorante ver diferentes representações do feminino dentro dessa história. Lin é astuta e corajosa, mas também muito humana e assustada com o potencial violento dos hatis. É uma pesquisadora acima de tudo, e volta às suas raízes no fim da trama. Tera também estuda comportamentos, mas sua atitude diante do mundo é descontraída e espontânea, algo que sua amiga não domina. Rea é uma líder sem medo de usar a força, mas que mostra parcimônia e até doçura em momentos cruciais da história. Nyx, embora não tenha gênero como inteligência artificial, imita os comportamentos de sua criadora. E fora disso, temos Teo, admirado (e até excitado) com os méritos de sua parceira. Quanto mais descobre sobre Lin, mais a valoriza. A relação de ambos não exige que Lin abandone seu posto, nem Teo suas obrigações; apenas pede que se encontrem no meio do caminho, de forma saudável para ambos.

Entre tantas leituras possíveis de temas e debates em *Senciente Nível 5*, não podemos esquecer do mérito da autora em contar uma boa história. Ao longo da leitura, é inevitável torcer pelo casal principal, ansiar por respostas, querer descobrir o mistério por trás dos ataques à Bílgia. O texto tem momentos preciosos de humor e leveza, mesmo quando estamos mergulhados na tensão palaciana da Reitoria. E ainda assim, a autora consegue nos surpreender e comover com um desfecho revigorante, onde tudo volta ao normal, mas transformado. Nessa história, o *novo normal*, uma expressão tão comum em 2020, é pautado por aquilo que cada povo pode oferecer de melhor.

Carol faz parte de uma geração de escritores de histórias fantásticas que se autoriza a sonhar com um futuro tecnológico e, ao mesmo tempo, humanizado, onde existe equilíbrio entre diversos tipos de ciência e de mentalidades — um *território real para a esperança*.

Senciente Nível 5 nos ajuda a enxergar um futuro que não é livre de conflitos, mas que pode encontrar, na negociação e na diplomacia, caminhos possíveis para evoluir e acolher melhor a diversidade de pensamento que sempre existirá num mundo grande como o nosso, mas sem espaço para o preconceito. É uma obra para realistas de uma realidade maior, como dizia Le Guin; realidade essa onde valorizamos a ciência, a ética, a política transparente e as relações humanas baseadas em comunicação, empatia e entendimento mútuo.

Cláudia Fusco é mestre em Estudos de Ficção Científica pela Universidade de Liverpool, na Inglaterra. É escritora, roteirista, professora e pesquisadora de literatura e artes fantásticas.

Agradecimentos

Gostaria de agradecer ao meu editor, Artur Vecchi, por ter se interessado por trazer este livro ao mundo. Agradeço a Bruno Romão, capista e diagramador, pelo incrível trabalho e pelas ideias vibrantes. Agradeço também a Camila Villalba e Marcela Monteiro pela revisão cuidadosa.

Agradeço a Cláudia Fusco pelo belíssimo posfácio, pela leitura atenta e por aceitar prontamente o convite de escrevê-lo. Sua empolgação foi o melhor elogio que você poderia ter me feito (e isso é mesmo impressionante, considerando seu texto maravilhoso).

Giovana Bomentre, Felipe Castilho e Eric Novello sempre se mostram dispostos a me ouvir quando tenho dificuldades, receios, dúvidas e crises de ansiedade. A eles, meu muitíssimo obrigada, sempre, pela amizade, pela disponibilidade e pelo apoio. Obrigada por serem fontes de inspiração.

Nathália Xavier Thomaz, minha amiga, fez com Bruno Romão uma leitura interpretativa digna de aplausos e das melhores risadas. Obrigada pela conversa e pelo encorajamento.

Minha amiga Deborah Mondadori Simionato leu este livro em tempo recorde e deu um dos *feedbacks* mais animados do mundo. Seus comentários e sugestões me deixaram eufórica a ponto de me dar novas ideias. Obrigada.

A minha vida só tem real sentido quando estou escrevendo ou pensando em escrever, e a pessoa que lê faz parte disso. Meu muito obrigada, como sempre, à minha irmã Adriana, minha primeira leitora, sempre tão disposta a me escutar e a me ler, mesmo em fragmentos, quando as ideias ainda não estão muito conectadas.

A todos os leitores de *Porém Bruxa*, minha gratidão por seu entusiasmo e pelas reiteradas proclamações de interesse em minhas obras futuras. O carinho de vocês é um combustível criativo sem igual. Eu não tenho como mencionar todos os nomes aqui, mas cada pessoa que se deu ao trabalho de me escrever, em público ou privado, contando de seu amor por Ísis e seus amigos, deixou uma marca no meu coração. Ia pedir desculpas pela pieguice, mas não estou arrependida. Obrigada um milhão de vezes.

Toda a minha gratidão aos amigos, conhecidos e familiares presentes no lançamento de *Porém Bruxa*, que não me deixaram sozinha num dos meus momentos de maior ansiedade. Nesse começo de um longo caminho, vocês estavam comigo.

Agradeço ao pessoal do *Sem Spoiler*, em particular Fred e João, pela divulgação do meu trabalho, que sem dúvida chegou a mais gente por causa de suas indicações. Agradeço a Jayne Oliveira, Ada Araújo Chivers, Fernanda Lemos (Mialle) e a todos os leitores, bloqueiros e *booktubers* autointitulados "panfleteiros" por espalharem a palavra de Ísis e, com isso, a minha. André Darsie sempre inicia conversas agitadíssimas no Twitter e puxa meus leitores com comentários inteligentes e engraçados. Essas interações são muito preciosas para mim de muitas maneiras. Agradeço a Pam Gonçalves por ler *Porém Bruxa* em seus *sprints* e suscitar interesse nele. Sem dúvida, a presente obra está chegando a mais mãos do que chegaria sem vocês.

Por fim, agradeço ao meu marido, Bruno Anselmi Matangrano, por ser o meu leitor mais crítico e, ao mesmo tempo, o mais encantado. Obrigada por estar comigo em todos os momentos de dúvida e por me acompanhar a cada passo da jornada. Afinal, o que importa não é o destino, mas o caminho.